JN247415

sarome
サロメ・エシュ
ノリは軽いが、
ある秘密が
あり――
「ボクはサロメ。
よろしく～」
haruto
ハルト・リーヴァ
女神により
ダメージを受けないスキルを授かる。

がいんっ！
と、爆発音に混じって
金属と金属を叩いたような
奇妙な音が響く。
さっきの輝く紋章がまた出現し、
竜のブレスを弾き散らした。
ririsu
リリス・ラフィール
冒険者の少女。
双子の姉・アリスと
ともに行動する。

「あなた、それ――」
俺に押し倒されたままのリリスが呆然とつぶやく。

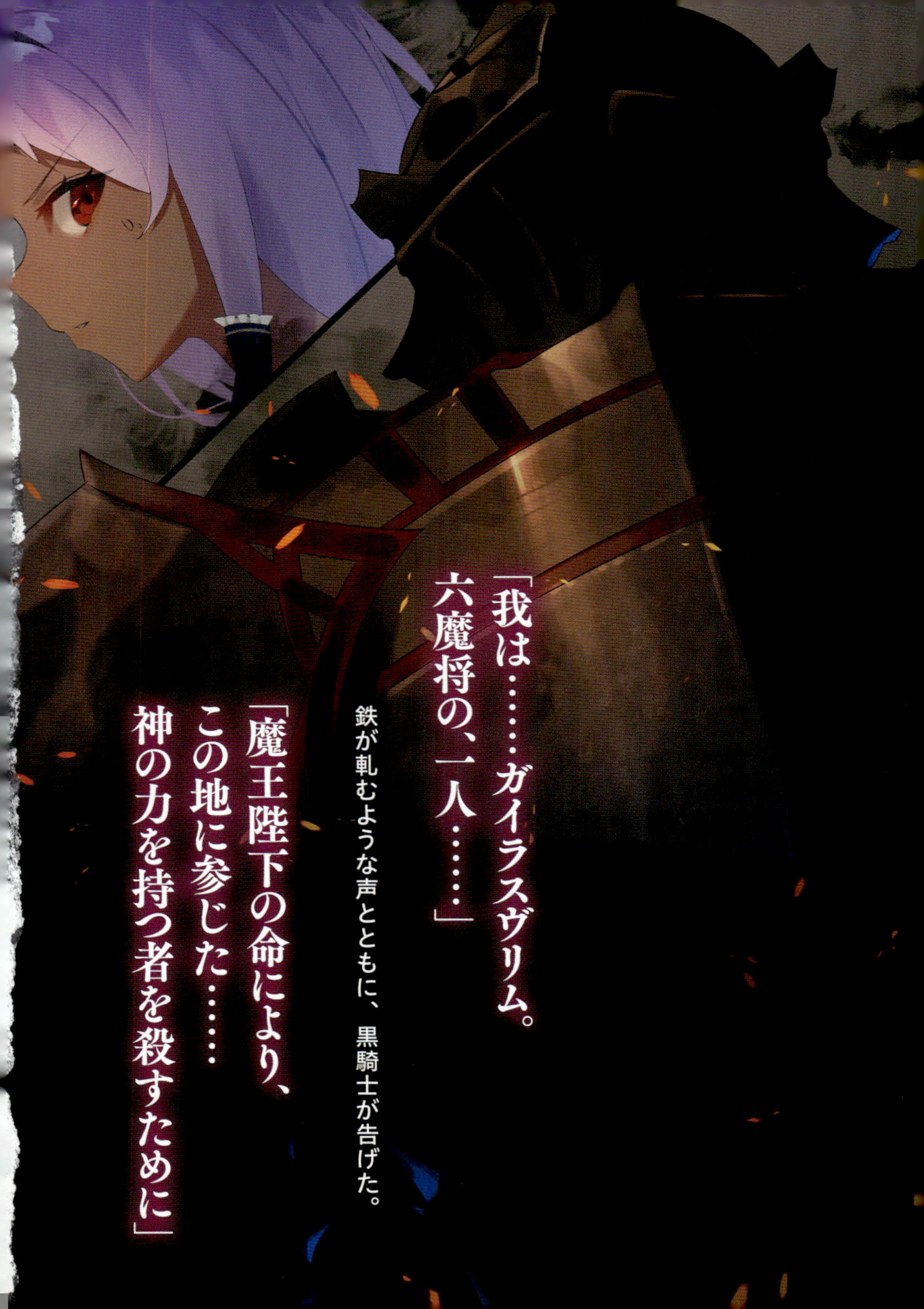
「我は……ガイラスヴリム。
六魔将の、一人……」
鉄が軋むような声とともに、黒騎士が告げた。
「魔王陛下の命により、
この地に参じた……
神の力を持つ者を殺すために」

絶対《ゼッタイ》にダメージを受けないスキルをもらったので、冒険者として無双《ムソウ》してみる
著 六志麻あさ
画 kisui

ZETTAI ni DAME-JI wo UKENAI SUKIRU wo MORATTANODE BOUKENSYA toshite MUSOU shitemiru

contents

デザイン／百足屋ユウコ＋フクシマナオ（ムシカゴグラフィクス）

第1章　不可侵のハルト

「絶対にダメージを受けないスキルを与えましょう」

いきなり現れた女にそう言われ、俺――ハルト・リーヴァはぽかんとなった。

は？　絶対にダメージを受けないって？

そもそも、あなたは誰ですか？

っていうか、すごい美人なんですけど！　しかも、おっぱいでかい！

無数の疑問がいっせいに湧く。後半は疑問じゃなくて興奮だけど。

周りには真っ白い空間が広がっていた。

俺はそこでプカプカと浮かんでいる。

どこだ、ここは？

少なくとも、今さっきまで歩いていた町の大通りじゃないことは確かだった。

「端的に言うと、そのスキルを使用すれば、あなたの肉体は物理、魔法、その他あらゆる属性の攻撃からまったくダメージを受けなくなる、ということです。あなたは不可侵にして無敵の存在になるでしょう」

美人さんは俺の戸惑いを無視して、勝手に話を進める。

「その力を使い、何かを成すのもあなたの自由。成さぬのも、また自由。好きに選んでください」

「いきなり言われても……」

意味が分からなすぎだ。

「申し遅れました。私は全次元世界における超越存在──そうですね、あなたにとって分かりやすい概念で言うなら」

美人さんが淡々と語る。

「女神です」

えっ、女神さま⁉　いきなり言われても信じがたい話だ。

あらためて彼女をまじまじと見つめた。

腰まで届く長い金髪に、切れ長の青い瞳。

超然とした雰囲気の美貌に見入ってしまう。確かに女神級の美人であることは間違いない。

「あら、美人だなんて。お褒めいただきありがとうございます」

女神さま（?）は照れたように頬を赤くした。

俺は何も言ってないんだけど、もしかして心の声が聞こえたのか?

「胸は女神たちの平均よりはあるかもしれませんね、ふふふ。中には私より大きな方もいますけど、うふふ」

と、悪戯っぽく微笑む女神さま。

やば、『おっぱいでかい』って心の声まで聞こえてた！

今度は俺のほうが頬を熱くする。

「それはそうと」

女神さまが真顔に戻った。

「突然のことで信じられないかもしれませんが、私は女神。そして、あなたは現世で一度死に、この『狭間の時空』にたゆたっているのです」

「俺が……死んだ？」

言われて、全身にいきなり鳥肌が立った。

記憶が、よみがえる。

猛スピードで迫る馬車。『危ない！』という御者の声。そして全身に走る強烈な衝撃。

「俺……確か、学校へ行く途中に……そうだ、馬車に撥《は》ねられて……」

「残念ながら亡くなりました」

女神さまは無情に告げた。

「ですが、あなたの魂は特別製なのです。したがって今回の『死』をキャンセルし、もう一度生きるチャンスを与えられることになります」

「え、死なくてすむってこと？」

「魂には製造番号のようなものがあり、特定の番号には『やり直し』のチャンスを与えています。まあ、くじ引きみたいなものですね。おめでとうございます」

生き死にの話の割に、女神さまの口調はあっけらかんとしていた。

「その際に、あなたは強大無比な力を宿すことになります。先ほど申し上げたように、どんな攻撃でも絶対にダメージを受けない体になるのです。使いようによっては、世界を一変させることもできるでしょう」

女神さまが俺に向かって手をかざす。その手のひらに淡い白色光が宿った。

「そろそろ現世に戻る時間ですね。心の準備はいいですか？」

「えっ？　ちょっと待って、まだ聞きたいことが――」

俺は戸惑いっ放しだ。

「私がこの次元空間にとどまっていられるのも……ガガ……あとわず……か……ザー……説明は、これ以上……ガ…………ザザー………ガ」

突然、女神さまの声にノイズみたいなものが混じり、不明瞭になる。

おい、説明タイム終了かよ！

同時に、視界がぼやけていく。意識が――薄れていく。

「よりよき人生を。願わくば、今までよりも」

一瞬だけ、やけに明瞭に聞こえたその声を最後に、俺の意識はぷっつりと途絶える。

気が付くと、俺は元の場所にいた。

すぐ傍に馬車がある。声をかけてきたのは、その御者だ。

「お、おい、大丈夫か……？」

「……平気みたいだ」

確かに撥ねられた記憶があるけど、俺の体には傷一つなかった。あの女神さまの言った通り、ダ

メージを受けないスキルを身につけたのか。

……って、いくらなんでもあり得ないな。

そもそもさっきのは白昼夢みたいなもので、俺はもともと馬車に撥ねられてなんていなかったんだろう。だって、こうして傷一つないし。

「急にこいつが暴れだして……てっきり撥ねちまったのかと思ったよ」

ほら、やっぱり白昼夢だった。

女神さまが現れて、俺に特別な力を授けてくれる——そんな夢みたいな話、あるわけがない。俺はあくまでも平凡な平民の子その一なんだ。

英雄でも勇者でも冒険者でもなく、ただの学生なんだ。

「いや、俺はなんともなかったし気にしないでください」

俺は御者さんにそう言って、別れを告げた。急がないと遅刻である。

この国では十五歳になるまで、平民の子は王立の学校に通うのが一般的だ。

その後は高等部や大学部に進む者もいれば、就職する者もいる。

俺は前者を選び、今は高等部の二年生だった。選んだことに深い理由はない。やりたい仕事も特になく、とりあえず大学部まで出ておけばいいという最近の風潮に流された感じだった。

将来の目標、なんて大それたものもなく、日々退屈な授業を聞くだけの日々。

そんなルーチンワークを今日もこなし、放課後になった。

朝は変な白昼夢を見たりしたけど、終わってみれば今日も平凡な一日だ。

「絶対ダメージを受けないスキル、ね」

帰宅路を歩きながら、自分の両手両足を見下ろす。

グォォォォォォォォォォォォォォォォォォォォォォォォォォンッ！

腹の底から震えるような吠《ほ》え声が聞こえたのは、そのときだった。

「な、なんだ……⁉」

次に聞こえてきたのは地響きと爆音。そして町の人たちの悲鳴。

「おい、逃げろ！　町はずれに魔獣が出たってよ！」

誰かが俺に叫ぶ。

「冒険者はいないのか！　魔獣を倒せるクラスの！」

「今、町長が魔導通信でギルドに連絡を取ってるってよ！　けど、うちみたいな貧乏な町にすぐ派遣してもらえるわけないだろ！」

振り返れば、このタイラスシティを囲む城壁の向こうに、大きな蜥蜴《とかげ》を連想させる顔が見えた。

ゾッとする。

竜。

この世界で最強の代名詞ともいえる魔獣の代表格だった。

竜は城壁に体当たりをしていた。堅牢《けんろう》な壁が軋《きし》み、亀裂が走っていく。

魔獣は、この世界において災害みたいなものだ。

異空間から突然現れ、周囲のものをすべて破壊し、蹂躙《じゅうりん》し尽くす。

ある程度、魔獣が現れる前兆みたいなものがあるらしくて、それを元に魔獣警報が出されたりもするんだけれど。

今回は上手く前兆を捉えられなかったのか、警報はなかった。不意打ちのような襲来だ。

俺も逃げなきゃ——。

理性がそう告げているけど、足が動かなかった。

恐怖とは違う。奇妙なまでの自信と、確信。

朝の出来事が頭に引っかかっていたのだ。

『その際に、あなたは強大無比な力を宿すことになります』

女神さまの言葉を思い出す。

『使いようによっては、世界を一変させることもできるでしょう』

「絶対にダメージを受けないスキルって言ってたよな……」

俺は自分の拳で自分の頬を軽く殴ってみた。

ごつっ、と音が鳴るかと思いきや、

がいんっ！

金属同士がぶつかったときみたいな音が響いた。

「うわっ、なんだこれ」

自分の体のことなのにびっくりだ。手のひらで頬をさすってみたけど、柔らかい肌の感触しかしない。なのに、殴ると妙な金属音が聞こえる。

「どうなってるんだ、俺の体は？」

試しにもう一回、もっと力を込めて殴ってみる。

がいいいいいんっ！

「うわ、うるさっ⁉」

さっきよりも甲高い金属音が響く。

金色の火花みたいなのも散ったぞ、今。あの女神さまが言った通り、本当に不死身のスキルを身につけたってことなんだろうか。

少なくとも普通の体じゃなさそうだな、これ。

だけど、仮に俺が不死身になっていたとしても、それだけで竜を倒せるはずもない。

さて、どうするべきか——。

目の前では、今にも竜が町の城壁を突き崩しそうだ。

女神さまからもらった『絶対にダメージを受けないスキル』。

白昼夢なんかじゃなく、俺は本当にそんなスキルを身につけたんだろうか。それなら、相手が最強の魔獣——竜であっても、ダメージを受けないのだから対処のしようはあるかもしれない。

攻撃能力には関係しないスキルだろうから、直接攻撃で倒すってわけにはいかないだろうな。

たとえば、竜の攻撃をスキルで無効化しつつ、誰もいない場所まで誘導するとか?

「いや、でも竜に立ち向かうなんてな……」

考えただけで恐ろしい話だ。

だけど、このスキルなら町を守れるかもしれない。

脳裏に父さんや母さん、学校のクラスメイトの顔が浮かぶ。

このまま竜が町で暴れたら、大勢の死者が出るかもしれない。それを止められる可能性があるなら——。

「無理だろ……いくらなんでも」

つぶやきながら、俺は半ば無意識に歩き出していた。

心臓が痛いほどに鼓動を打っている。

心の奥から湧き上がる何かが、俺を突き動かしていた。

「とはいえ可能性は、あるよな」

竜を、止められる可能性が。

それなら——とりあえず現場に行ってみよう。

ちょっとスキルを試すだけだ。もし危険なら、すぐに逃げるんだ。

自分に言い聞かせつつ、城壁までやって来た。

竜の爪や尻尾を何度も食らい、城壁は亀裂だらけのボロボロだった。そろそろ穴が空きそうだ。

「あれ……？　人がいる」

二人組の女の子が、竜と対峙《たいじ》しているのを発見する。

もしかしたら、町を守るためにやって来た冒険者だろうか。

そういえば、逃げる人たちが、町長がギルドに連絡を取ってるって会話をしていたような気がする。

二人は、どっちも俺と同じ年ごろみたいだ。金髪をツインテールにした勝ち気そうな女の子と、銀髪をショートボブにした温和そうな女の子。

二人とも息を呑《の》むような美少女だった。学校のクラスメイトとはレベルが違う。

っていうか、実際に息が詰まった。

か、可愛い。

俺の目は完全に釘《くぎ》づけだ。

「……ん？」

ふいに、周囲の温度が爆発的に上がった。熱気がチリチリと肌を焼く。

嫌な予感がする。振り仰ぐと、城壁の上から竜が顔を出し、俺たちを見下ろしていた。耳まで裂けた口を開いている。

なんか、口の中が赤く光ってるんだけど……。

「おい、ちょっ――」

赤い光は収束し、真っ黒な色合いに変わり――黒い炎の塊となって吐き出される！

悲鳴を上げる暇すらなかった。

竜の黒炎が城壁を直撃し、爆光とともに大穴を開けた。穴から侵入した火炎は、そのまま周囲一帯を舐《な》めつくし、焼き払う。

さっきの女の子たちもその炎に飲みこまれた。そして俺も――。

「うわぁぁぁぁぁぁぁっ……！」

漆黒の炎に直撃される。

馬車に撥ねられて、もう一度生きるチャンスをもらって――結局、また死ぬのか、俺⁉

いや、違う。

ふたたび奇妙なまでの自信が湧きあがった。

俺は誰にも傷つけられない。

俺を誰も傷つけられない。

この世のどんな攻撃であろうとも。

この世のどんな事象であろうとも。

自信は揺るぎない確信となり――。

その確信は強烈な意志とともに、『力』を発動させる。

俺の眼前に、輝く何かが浮かび上がった。

翼を広げた天使を思わせる紋様。

極彩色に輝くそれが周囲に広がる。がいんっ、という妙な金属音が響いたかと思うと、漆黒の炎を弾き返す。

「……なんとも、ない」

俺は無事だった。

火傷一つしていない。服も焦げ目一つついていない。

たまたま炎が外れた、とかではない。そもそも外れるようなレベルの話ではない。

なにせ周囲は、石造りの家も、道も、完全に消し炭と化している。炎は間違いなく俺を直撃したんだ。だけど、さっきの謎の光がそれを弾いてくれたらしい。

幻覚でも見間違いでもない。これは、俺の力だ。

そう確信する。

「すごい！　本当に『絶対にダメージを受けないスキル』をもらったんだ」

他に説明しようがない。

いや、『絶対に』と判断するのはまだ早いか。少なくともドラゴンブレスを受けてもダメージを受けない防御力、ってことだ。

もっとも、この世界で最強クラスの竜のブレスを防げるんだから、これはもう相当なものである。

本当に俺のスキルが絶対不可侵であったとしてもおかしくない。

よし、これならやれるかもしれない。

勇気が湧いてきた。

「まだ逃げ遅れた人がいたのね」

振り返ると、さっきの女の子たちが駆け寄ってくる。炎に飲みこまれたように見えたけど、どうやら無事だったらしい。ホッと安堵《あんど》する。

「大丈夫なの？　ドラゴンブレスに巻きこまれなかった？」

「ああ、なんとか」

言って、俺はあらためて二人を見た。

間近で見ると、やっぱりめちゃくちゃ可愛い。しかも顔立ちがどことなく似ている。たぶん姉妹なんだろう。

二人とも体にぴったり張り付くような黒い衣装にスカート、その上から黒いローブを羽織った黒ずくめの姿だった。

ちなみに二人そろって巨乳だ。ごくり。

「そっちこそ、よく無事だったな。直撃コースだったんじゃないのか？」

実際、二人はドラゴンの正面にいた。炎のブレスに飲みこまれるところを見たんだ。

「アリス姉さんが氷魔法でガードしたからね」

ことなげに言う金髪ツインテールの女の子。

「私は防御担当ですから～。ちなみに攻撃の担当はリリスちゃんなんですぅ」

と、こちらは銀髪ショートボブの女の子。

どうやら金髪のほうがリリスで、銀髪はアリスという名前らしい。

「早く逃げて。あいつはあたしたちが仕留めるから」

「仕留めるって……」

「あ、ランクBだからって馬鹿にしてるでしょ！　確かに竜と戦えるランクじゃないかもしれないけど、しょうがないじゃない。たまたま近くにいた冒険者があたしたちだけだったんだから。一番近くのギルドから冒険者を派遣してもらっても、とても間に合わないし」

「たとえ力及ばずとも町の人たちを守るための力になりたいんです～」

リリスとアリスがそれぞれの決意を告げる。

ちなみに冒険者にはランクがあって、最上級のSが一番強く、最下級のEまで六段階に分かれている。最強の魔獣である竜と戦えるのは、確かランクSだけだって聞いたことがある。

つまり二人には手に余る、はるか格上の相手ってわけだ。

「だからあなたは逃げて。もうすぐ城壁が破られる。そうなれば、竜は町一帯を破壊し尽くすはずよ」

リリスが告げる。

「逃げる？」

違う。俺は町を守るんだ。

このスキルを使って、どうにかして――。

竜は、恐るべき能力を備えた魔獣だ。

全身を覆う強固な竜鱗《バリアスケイル》はあらゆる刀剣を弾き返す。竜滅砲《ドラゴンブレス》の異名を持つ吐息はすべてを灰燼《かいじん》と化す。

これを打ち倒すことができるのは最強のSクラス冒険者のみ。そして竜を打ち倒したものは、栄《は》えある討竜士《ドラゴンスレイヤー》の称号を授かるのだという。

――以上、リリスとアリスからの説明だった。

「なるほど、要約すれば『竜ってめちゃくちゃ強い』ってことでいいんだな？」

「随分ざっくりした理解の仕方ね……でも、そういうことよ」

うなずくリリス。

勝ち気な顔に険しい表情を浮かべ、城壁の破壊を続ける竜を見据えている。

さっきのブレスですでに大穴が開いた城壁は、かなり脆《もろ》くなっているみたいだ。完全に崩壊するのも時間の問題だろう。

ブレスをあと何発か撃てば、あっという間に城壁なんて吹っ飛ばせるんだろうけど、あれは連発できる代物じゃないらしい。

……これもリリスたちの受け売りだけど。

「あいつは強い。都市一つを壊滅させるだけの戦力。あたしたちの力では太刀打ちできない」

「じゃあ、二人も逃げたほうがいいんじゃないか」

「勝てないまでも、町の人たちが避難を終える時間くらいは稼ぎたいですから〜」

と、柔和な顔を引き締めて語るアリス。

「勝つのは、難しいのか？」

俺は確認のために聞いてみた。

「魔導増幅弾《マジックミサイル》を当てられれば、たぶん倒せるのに」

リリスがため息をつく。

「マジックミサイル？」

「呪文を強化することができるアイテムよ。あたしたちが使える魔法はほとんどが『通常級魔法《コモンスペル》』だけど、これを使えば『超級魔法《レアスペル》』並みに威力を上げられるの」

「じゃあ、そいつを使えば——」

「無理よ。魔力のチャージからマジックミサイルを発射するまでにものすごく時間がかかるから。その間に竜の攻撃を受ければおしまいね」

と、リリス。

「マジックミサイルは貴重品で、私たちも一発分しか持っていません。竜の注意を引きつけることができれば、当てるチャンスはあるんですが」

今度はアリスがため息をついた。

「あの絶大な攻撃力を前に、注意を引きつけるなんて真似は不可能です。私の防御呪文もさっきのブレスを防ぐために、魔力をほとんど使い果たしてしまいましたし～」

注意を引きつける、か。

俺は彼女の言葉を心の中で反芻《はんすう》した。

「現状、竜の攻撃を止める手段はもはやありません。ブレスにせよ、爪や牙にせよ、一撃受ければ私たちは確実に殺されます」

アリスが眉をわずかに寄せて微笑んだ。

穏やかな笑顔に見えるけど、たぶん本人としては困った表情を浮かべているんだろう。

「状況は分かったでしょう。竜の攻撃を防ぐことができない以上、ここにいたら巻き添えであなたも死ぬ」

リリスがますます表情を険しくする。

「お願いだから逃げて。あたしたちはもう——誰も死なせたくない」

そのとき、大音響とともに城壁が崩れ落ちた。竜が咆哮《ほうこう》を上げて町の中に入ってくる。

全身が漆黒の鱗《うろこ》に覆われた、巨大な竜。その威容は、見ているだけで全身の震えが止まらなくなるほどのプレッシャーを感じさせる。

「あたしが攻撃魔法で牽制《けんせい》するから、姉さんはフォローをお願い」

リリスが竜に向き直った。吹きつける風が、ツインテールにした金髪をなびかせる。

「なんとか時間だけでも稼いでみる」

「無茶しないでね、リリスちゃん～」

「あたしはリリス・ラフィールよ。竜なんかに負けないんだからっ」

心配そうなアリスに、リリスは不敵に答えて走り出した。

「こっちよ！　雷襲弾《サンダーバレット》！」

攻撃呪文を放ちながら、竜の注意を引きつける。

次々に撃ちだされる黄金の光球が黒い巨体に炸裂《さくれつ》した。

だけど、竜は小揺るぎもしない。まったくダメージを与えられていない。

「まだまだっ！」

それでもリリスは魔法を撃ち続けた。もとより勝てるとは思っていないはずだ。

目的はあくまでも時間稼ぎ。悲痛な彼女の表情を見ていると、俺まで胸が痛くなる。

町を、他人を守るために、どうしてそこまで一生懸命になれるのか。

ぐるるるるるっ！

と、竜がうなった。ダメージを受けていないとはいえ、立て続けに攻撃を受けてイラついているらしい。大きく開いた口が輝きを宿す。

まずい、ドラゴンブレスの発射体勢だ！

俺は慌てて走り出した。

リリスやアリスにあれを防ぐ手立てはない。だったら、俺が守るしかない――。

「間に合えぇぇぇぇっ！」

絶叫とともに走る。

全力で、ただ走る。

さっきは夢中だったけど、俺の『絶対にダメージを受けないスキル』っていうのをどうやって発動させればいいのか分からない。

だけど、迷っている時間はなかった。

放たれる黒い炎弾。立ち尽くすリリス。

それらを視界に収めながら、俺は彼女に飛びつき、押し倒した。

がいんっ！

と、爆発音に混じって金属と金属を叩《たた》いたような奇妙な音が響く。さっきの輝く紋章がまた出現し、竜のブレスを弾き散らした。

「あなた、それ――」

俺に押し倒されたままのリリスが呆然《ぼうぜん》とつぶやく。さっきは気づかなかったみたいだけど、今度は彼女にも俺のスキルの発動が見えたんだろう。

「注意を引きつければいいんだよな？」

俺は立ち上がりながらたずねた。

ここまで来たら、覚悟を決めよう。たぶん俺の意志でこのスキルは発動するはずだ。

……発動してくれよ、頼む。

「あなた、何を言っているの？」

「今のを見ただろ。俺が竜の攻撃を防いで時間を稼ぐ。その間にリリスたちがマジックミサイルを使って竜を倒してくれ」

宣言してしまった。ああ、もう後には引けないぞ。

本音を言えば、不安はある。いくら『ダメージを受けないスキル』だって説明されても、まだまだ分からないことが多すぎる。

炎には耐えられたけど、たとえばドラゴンの爪や牙、尻尾なんかの物理攻撃にも不可侵なのか。そもそも、どの程度のダメージまでなら耐えられるのか。

無制限なのか、一定以上の衝撃はアウトなのか。あるいは回数制限みたいなものはあるのか。

何一つ分からない。

でも、一つだけ分かることがある。

俺たちの町を命がけで守ろうとしてくれているリリスやアリスを見て——黙ってなんていられない、ってことだ。

「他に手はない。ここは俺が」

こうしている間にも、竜は次撃を放ってくるかもしれない。

だから、返事を聞かずに俺は駆け出した。

さあ、竜を倒すための作戦開始だ。

「ち、ちょっと待って！　冒険者でもないあなたに、そんな危険な真似をさせるわけには——」

背後の声を無視して、俺は走った。

「頼むぞ、リリス！」

今は説明している場合じゃない。

「こっちだ！」

大声で叫びながら、竜の足元まで駆けていく。

緊張で、心臓の音が異様なほど高鳴っていた。

どくん、どくん、どくんっ！

痛いくらいの鼓動が耳元まで響く。

がるる、とうなり声を上げて、竜が俺に視線を向けた。

紅蓮《ぐれん》の炎を思わせる真紅の瞳。鋭角的なフォルムをした漆黒の体軀《たいく》。

恐ろしくも美しい姿をした竜だった。

あらためて思う。とても人間が立ち向かえる相手じゃない、って。

目が合っただけで失神しそうなほどの威圧感。そして、根源的な恐怖感。

それでも、俺ならやれる！

無理やり気持ちをポジティブに持っていく。燃え立つ気持ちのままに、とにかく一直線に走った。

竜との距離が十メティル（約十メートル）ほどにまで迫った。

巨大な竜からすれば、もはや目と鼻の先。俺をうるさい羽虫だとでも思ったのか、竜が不快げに体を揺らす。ゴミでも払いのけるように、尾の一撃を繰り出してきた。

「くっ……！」

猛スピードで迫る尾は、そのすさまじい質量自体が凶悪な破壊力を備えている。

直撃すれば絶対死ぬ！

刹那、俺の眼前で極彩色の光が弾けた。

翼を広げた天使を思わせる紋様。その天使を中心に俺の周囲をドーム状の輝きが覆う。

竜の尾はそのドームに触れると、
がいんっ！

耳が痛くなるような強烈な音響とともに、弾き返された。

俺自身には傷一つない。ダメージは、まったくない。

「嘘《うそ》……」

背後で、リリスとアリスが呆然とつぶやく声が聞こえた。

まあ、驚くよな。

「やっぱりダメージなしだ。よかった」

ちなみに、服にも裂け目一つない。どうやら俺の『ダメージを受けないスキル』は生身の体だけじゃなく、身に着けている衣服にまで作用しているらしかった。

服がボロボロになるのは勘弁願いたいところだったから、これはありがたい。

「リリス、アリス。マジックミサイルの準備を！」

叫ぶ俺。

「……魔力チャージに三分かかるの。無理はしないでね」

ようやく驚きから立ち戻ったのか、リリスが凜《りん》とした声で応える。

「いくよ、姉さん。あたしたちで竜を倒す」

「ですぅ。あの、あなたもお気をつけて……」

と、俺を気遣う美少女姉妹。

俺は背中を向けたまま、軽く片手を上げてみせた。

同時に、背後から呪文の詠唱が聞こえてきた。

きっとマジックミサイルの起動儀式を行っているんだろう。リリスとアリス、姉妹が同時に唱える呪文はまるで美しい旋律のようだ。

こんな状況じゃなかったら、いつまででも聞き惚《ほ》れていただろう。

だけど今は、俺も自分の役目を果たさなきゃいけない。魅惑的な歌声に似た二人の呪文から意識を離し、俺は竜を見据えた。

よし、引き続き奴の気を引きつけるぞ。

さっきまではあんなに威圧感たっぷりだった黒竜に、今は落ち着いた気持ちで対峙できた。

こいつの攻撃は、俺にダメージを与えられない——その実感が、安心感を与えてくれていた。

「ほら、こっちだ！」

俺は竜の横に回りこむような動きで、さらなる攻撃を誘う。

「もっと強烈な一撃で来い。俺を殺せるくらいの、な！」

竜は挑発されたことを感じ取ったらしく、怒りの雄たけびを上げた。

巨大な足で俺を踏みつぶそうとする。

すかさずスキル発動。

俺の意志に応じて、さっきみたいに天使の紋様が現れ、竜の攻撃を跳ね返す。当然、ぺしゃんこに圧殺されることもなく、俺は無事だ。

続いて、黒炎のドラゴンブレス。これもスキルを発動して弾き返す。

焦げ目一つなく、俺は無事。

さらに爪が、牙が、立て続けに繰り出される。

それらをことごとくスキルで防ぐ俺。

すごい。いくら食らってもノーダメージだ。しかも、これで十回ほどスキルを使ったが、特に回数制限はなさそうな感じだった。

まだまだ何度でもスキルを発動できそうだ、と感覚で分かる。もっとも、これ以上スキルを使う必要はなさそうだった。

「そろそろ頃合いだな」

にやりと口の端を吊《つ》り上《あ》げ、笑う。

俺は自分自身と竜の位置関係を確認した。ちらりと背後に目をやると、リリスがうなずいた。

どうやら準備は終わったらしい。

「撃てっ！」

合図を送り、同時に横っ飛びで射線を開ける俺。

「天空の城より降臨せよ。其《そ》は九天の雷撃を司りし者。十字の翼、至尊の冠、閃光《せんこう》の衣。従えしは三十七の聖天使」

リリスの呪文が朗々と響いた。

金色のツインテールや黒いマントが風にはためく。

右手に構えているのは、芸術品のような装飾がされた銀色の杖《つえ》。その先端には巨大な矢じりに似た真紅のパーツが取りつけられていた。

マジックミサイル。

通常級魔法を超級魔法の威力にまで引き上げるというアイテム。

強い魔力の高まりを感じたのか、竜がわずかに後ずさる。

だけど、一瞬遅かった。

「穿《うが》て、雷神の槍《やり》――烈皇雷撃破《ライトニングストライク》！」

リリスの呪文が今、完成する。

俺の視界をまばゆい閃光が埋めた。

天空から降り注ぐ稲妻が、さながら黄金の槍のように黒竜を撃ちすえる。絶大な防御力を備えた竜鱗をものともせず、雷撃呪文が竜の体を貫いた。

グガ……ァァァ……ァァ……ァ……ッ！

小さな苦鳴を上げて、巨体がゆっくりとかしぐ。地響きとともに竜は倒れ伏した。

うーん、やっぱり攻撃役はカッコいいな。

今のリリスの姿を思い出しながら、俺はそう感じていた。

「どうせスキルをもらえるんなら、最強の防御力じゃなくて最強の攻撃力でもよかったかもしれない」

っていうのは、ちょっと贅沢《ぜいたく》か。

周りが消し炭になるようなドラゴンブレスを浴びても、爪や尾の一撃を食らっても、まったくの無傷。呆《あき》れるほどの防御力。まさしく不可侵だ。

うん、前言撤回。やっぱり、こっちのスキルでよかったかもしれない。

「竜を倒せた……！」

リリスは杖を下ろし、呆然とした顔でつぶやいた。

杖の先端に取り付けられていた矢じり状のパーツ——マジックミサイルはさっきの呪文を放ったのと同時に砕け散っていた。どうやら使い捨てタイプのアイテムらしい。

「ありがとう。えっと……」

俺を見たリリスが口ごもった。

「まだお互いにちゃんと名乗ってなかったね。あたしはリリス・ラフィール。こっちは姉のアリスよ。双子なの、あたしたち」

「アリスです。二人とも冒険者をやっているんです。よろしくお願いしますね～」

と、二人が名乗る。

「俺はハルト・リーヴァ。この町の高等部に通ってる。二年生だ」

俺も名乗り返した。

「高等部の二年ってことは、あたしたちと同い年だね」

リリスが微笑む。

「あらためて――ありがとう、ハルト。あなたが竜の注意を引きつけてくれたおかげで倒すことができた」

「完全にあの竜の注意がハルトさんに向いてましたね。おかげでマジックミサイルの魔力チャージがスムーズに終わりました」

礼を言うリリスに、にっこり笑顔のアリス。

まあ、竜もよほどびっくりしたんだろうな。たかが人間が、自分の全力の攻撃を何発受けても傷一つつかないんだから。

「それにしても――竜のブレスにも爪や尾の打撃にも平然としているなんて……あなた、何者なの？　あれはハイレベルな防御魔法か何か？」

リリスが興味津々といった感じで俺を見つめる。

間近で見ると、本当にすごい美少女だった。

ツインテールにした黄金色の髪が、夕日を浴びて美しくきらめいている。整った顔立ちは勝ち気で、生命力にあふれていて、それでいてお姫さまみたいな高貴な気品をも漂わせている。

さっきまでは戦いの緊張や高揚で忘れていたけれど。周囲の景色に白いモヤがかかって見えるほどの――絶世の美貌だ。急にドギマギしてきた。

「？　どうかしたの、ハルト？」

リリスがキョトンと首をかしげる。そんな仕草も可愛らしくて、ドギマギが加速してしまう。

「顔が赤いですよ、ハルトさん？　まさか、竜のブレスを浴びた後遺症……⁉」

アリスが心配そうに俺を見つめた。

こっちもリリスに負けず劣らず可愛らしい。勝ち気タイプのリリスとは対照的に、ほんわかとした癒し系の美少女。柔和な顔立ちにショートボブにした銀髪がよく似合っている。

「い、いや、大丈夫だ……」

ただ照れてるだけだから、なんて本当のことを言うと、ますます照れてしまいそうなので俺は適当にごまかす。

「その、えっと……竜の攻撃を防いだのはアレだ。女神さまから――」

言いかけたところで、俺は口をつぐんだ。

これって誰にでも明かしていい話なんだろうか。秘密にしろとは言われてないけれど、話していいとも言われていない。相手は神さまだし、うかつに明かさないほうがいいのかもしれない。

「いや、そう、防御魔法なんだ。俺、魔法なんて習ったことないのに、さっきの戦いで突然目覚めちゃって。才能があるのかもしれないな、はは」

俺は念のために誤魔化すことにした。

……ちゃんと誤魔化せたかどうかは自信がない。

「素人なのに竜の攻撃を防ぐほどの魔法……か」

リリスはじっと俺を見つめている。

やっぱり怪しまれてるのかな――と思ったら、

「ねえ、ハルト。よかったらあなたも冒険者にならない？」

いきなり勧誘された。

「世界を魔獣の脅威から救うには、一人でも多くの冒険者が必要なの」


おおよそ百年ほど前から、魔獣と呼ばれるモンスターがこの世界に現れるようになった。

奴らについて多くは分かっていない。

『魔界』と呼ばれる異空間から突然現れ、人を、町を、根こそぎ破壊し、その多くは一定の時間が経つとまた元の異空間に帰っていく習性がある。

人間をはるかに超越した戦闘能力や超常的な異能を備え、強力な魔獣になると一国の軍隊並みの力を備えているんだとか。

奴らが現れる際には独特の前兆があるらしく、それを元にした警報が出される。それでも必ず前兆を捉えられるわけではなく、今回みたいに不意打ちのような形で襲われる町が後を絶たない。

そんな魔獣に立ち向かう戦士たち――それが『冒険者』だ。

もともとは名前の通り、各地の遺跡やダンジョンを巡るような、文字通りの『冒険者』だったわけだが、彼らの中には卓越した戦闘能力を誇る者もいた。

そんな者たちが、百年ほど前に現れ始めた魔獣との戦いで先陣を切って立ち向かい――そのうちに『冒険者』は魔獣を退治する者の代名詞へと変化していった。

「魔獣と戦うために、冒険者ギルドでは世界中から強者《つわもの》を募っているの。あなたの力は、きっと大勢の人を守るために必要になると思う」

「特に最近は、魔獣の出現頻度が上がってますからね～」

と、補足するアリス。

「って、俺が⁉」

「竜の攻撃にも傷一つ受けない無敵の防御魔法。あなたこそ魔獣への——もしかしたら、魔獣たちを統《す》べる魔王への切り札にさえ、なれるかもしれない」

リリスが俺の両肩をがしっとつかんだ。

しかし、対魔王の切り札とは。なんか……ものすごく過大評価されてないか、俺⁉

「ハルトが冒険者になってくれたら嬉《うれ》しい。あたしたちみたいなBランクじゃなく、それこそSランク並みの活躍ができると思うの」

リリスの目は真剣だった。

「だから……今すぐにとは言わないけど、考えてみて。あなたならきっと多くの人を救う力になれるよ。絶対」

生まれてこの方、他人からここまで強く期待されたのって初めてかもしれない。

いや、そもそも『誰かから期待される』って状況自体が初めてかも。なんだか胸の内がくすぐったくて、甘酸っぱくて、嬉しいもんだ。

「あ、ごめんなさい。あたしの気持ちばっかり言って。ハルトにはハルトの事情があるよね」

「いや、謝らないでもいいよ。誘ってくれたのは嬉しいし」

今まで将来の目標とか夢なんて、あまり考えたことがなかった。ただ漠然と周りと同じように学校を出て、適当なところで働くんだと思っていた。

だけど今、冒険者になるっていう明確な道が目の前にある。

そこに進むのも、あるいは退くのも、俺の意志一つ。

「とりあえずは、町長さんのところへ報告に行きませんか～？」

と、アリスがほんわかした調子で提案した。

「そうね。魔獣からの避難勧告も解除してもらわないとね」

うなずくリリス。

「ハルトも一緒に来てくれる？　竜を倒せたのはあなたのおかげだし」

「ああ、俺は……いや、とりあえず家に戻るよ。親とか近所の人たちが心配だし」

戦いの場所は俺の家からだいぶ離れている。まず大丈夫だとは思うけど、やっぱり無事を確認しておきたい。

「確かにそうね。あ、そうだ、明日の朝七時にここで待ち合わせしない？　一緒にギルドまで来てほしいの」

と、リリス。

冒険者ギルドってやつか。

名前の通り、世界中の冒険者たちを管轄する組織らしいけど、詳しいことは知らない。

「魔獣を退治すると多額の報酬が出るから、ハルトにも受け取ってほしい」

「えっ、報酬？　そんなのもらえるのか」

「今回の相手は最強クラスの竜ですから～。かなりの大金になると思います」

今度はアリスが微笑んだ。

「あなたの働きが大きかったたし、取り分はあなたが決めて」

「異議なしです」

と、リリスとアリスが交互に言った。

「取り分って言われても、三人いるんだし三等分でいいんじゃないか？」

答えてから、気づく。

「でも、倒したのはリリスだしな。俺はもっと少ない方がいいか」

「何言ってるのよ！　ハルトがいなければ、そもそも攻撃することすらできなかったんだから。あなたがもっともらっていいのよ」

リリスが驚いたような顔をした。

「いや、なんか気が引けるし」

考えてみれば、俺は竜の攻撃を食らい続けてただけだしな。

「欲のない人ね」

「公平に判断しただけだぞ」

「ふふ、そういう人にこそ冒険者をやってもらいたいな」

リリスは嬉しそうな顔をした。

「じゃあ明日、一緒に来てもらってもいい？　どうしても都合がつかなければ、あたしたちがいったん報酬を受け取ってから、あらためて渡しに来るけど」

「いや、俺も行くよ」

それは、半ば衝動的な言葉だった。

「どうせなら一度ギルドってところを見てみたい」

冒険者たちの組織や、冒険者って存在を、俺はもっと知ってみたい。

そんな思いが強く芽生えてきたんだ。


その後、俺は自宅に戻った。

幸い、家族や近所の人たちは全員無事だった。

俺が竜退治のことを話すと、両親も最初は冗談だと思ったらしいけど、竜の鱗（別れ際にリリスから渡された）を一枚見せると、顔色が変わった。

さらに、報酬として大金がもらえるということを話すと、たちまちニコニコ顔に。現金なもんだ。

まあ家計は楽とはいえないから、報酬はその足しにするか。足しどころか、当分の家計が賄えてしまうほどの金額だとリリスたちから聞いていた。

ついでに、親に何か贈ったほうがいいんだろうか。いちおう、これが俺の初めての稼ぎだし。

ただ、いざとなると照れくさいな。後で考えよう。

とりあえず、家計の足しや親への贈り物をした後の余った金は、俺の取り分としてもらうことにする。

で、学校にも連絡して、明日は冒険者ギルドに行かせてもらえることになった。

そして、翌朝。

「じゃあ、ちょっと行ってくる」

両親に告げて、俺は家を出た。待ち合わせをしていたリリスやアリスと合流し、冒険者ギルドの支部があるというエギルシティまで出発。

彼女たちがすでに準備していた魔導馬車で街道を進み、三時間ほどで到着した。


冒険者ギルドとは文字通り冒険者たちの互助組織だ。

これに加入することで、さまざまな仕事を紹介してもらえるのだという。

もともとは冒険者本来の仕事——要は何でも屋だ——を斡旋《あっせん》する組織だった。だけど魔獣の脅威が本格化した今では、国際的な魔獣対策本部のような役割を担っているのが現状である。

魔獣が現れる地域に、それに対処できるだけの実力を持つ冒険者を派遣する組織。

中央大陸で権勢を誇る三大国でさえ、無下にはできない強大な組織。

それが、冒険者ギルド。

——なんてことを教えてもらいながら、俺はリリスやアリスと一緒にエギルシティに入った。

町の中央区にあるギルド支部の建物まで行く。

「ここが支部か。めちゃくちゃでかいな」

館というよりは城に近い巨大な建物を見上げて、ため息をつく俺。

冒険者ギルドの権勢を表しているかのような威容だ。

「あたしたちは竜退治の報告と報酬受領のための手続きがあるから。ハルトは少し待っていて。報酬を受け取るときには、一緒に行きましょ」

そう言って、リリスとアリスは館に入っていった。

二人の手続きが終わるまで、俺はギルド支部の中庭で待つ。

手持ち無沙汰な状態だった。ここは冒険者たちの憩いの場になっているのか、鎧《よろい》を着た戦士風の男や魔法使いらしきローブ姿の女、あるいは神官っぽい人や盗賊風の人物などが談笑している。

「困るんだよなー、抜け駆けは」

前方から数人の男たちが歩いてきた。いずれも筋骨隆々とした体に革鎧をまとっている。俺よりもはるかに体格がよかった。

「おいおい、お前に言ってるんだよ」

先頭の男が俺をジロリと見た。

そう言われても、抜け駆けってなんの話だろう。

「ラフィール姉妹の仲間だろ、お前」

「ラフィ……？　ああ、リリスとアリスのことか」

「そうそう、大して強くないくせに、父親の権力を後ろ盾に好き勝手してるあの女たちのことだよ」

男が不快げに鼻を鳴らした。

「好き勝手してる……？」

さっきから癇《かん》に障る奴らだ。リリスとアリスのことをそんな風に言われていい気はしない。

「竜退治なんてBランクの冒険者には戦闘許可が下りないのに、勝手に出撃したそうじゃねーか！　それが好き勝手じゃなくてなんなんだよ！」

男はいきなりキレた。

「でも他に戦える人はいなかったんだろ」

俺は苛立ちを抑えて反論する。

「正規の手続きで冒険者を派遣してもらってたら、とても間に合わないから、彼女たちは町の人たちが逃げる時間稼ぎだけでもしたい、って戦ってくれたんだぞ」

「はっ、いい子ぶってんじゃねーよ！　町の連中が死のうが生きようがどうでもいいだろうが！」

俺もその町の住人だってことに気づいてないらしく、男ががなりたてた。

「俺たちだって竜退治をこなして、ランクを上げたいんだ！　けどギルドの規則があるから我慢してたってのに、あいつらは……！　抜け駆け以外の何物でもねーよ。胸糞《むなくそ》わりい」

「名声目当てだろ」

他の男たちも、いずれも苦々しい表情だった。

「とりあえず竜に立ち向かった、って事実があれば、多少なりとも箔《はく》がつく。あーあ、やったもん勝ちだよな」

俺はケンカっ早いほうじゃないし、そもそも腕力もからっきしだ。

だけど、さすがに今のはカチンときた。

リリスやアリスとは出会ったばかりだけど、竜から俺の町を守るために必死で戦った姿を見ている。少なくとも町の人たちの生き死にをどうでもいいと言い放つ連中より、二人がやったことのほうがずっと立派だろう。

「おいおい、なんだその目は」

男が顔をしかめた。

「俺らが間違ったことを言ったか？　あいつらは規則に反した。名声目当てに抜け駆けした。全部事実だろうが」

「あの子たちが町の人たちを守ったのも、事実だ」

俺はひるまずに言い返した。ケンカなんて柄じゃないけど、黙って引っこむことはできない。

「人助けなんてどうでもいいんだよ。俺ら冒険者の目的は金と名声。それが基本原則だろうが」

「さっさと詫《わ》びを入れろよ、雑魚が」

残りの男たちが左右に分かれ、俺を包囲する。

リリスたちへの不満を、とりあえず俺にぶつけようってことだろうか。じりじりと包囲網を縮める男たち。逃げ場はなさそうだ。

もっとも、逃げる必要なんてないか。

「言っておくが、俺らを舐めるんじゃねーぞ。Aランク昇格間近、ただ今絶賛売り出し中の『血だまりの花《ブラッディフラワー》』をな！」

どうやら、こいつらのパーティ名らしい。興味ないけど。

「どうした、黙ってないでなんとか言えよ」

「……せ」

俺が言うべきことは一つだった。

「あ？」

「取り消せ」

リーダー格らしき先頭の男に、俺ははっきりと告げた。

「リリスとアリスを――ラフィール姉妹を馬鹿にした台詞全部を、取り消せ！」

「舐めてんじゃねーぞ！」

男は完全にキレたらしい。怒りの雄たけびを上げて、拳を俺に振り上げた。

体重の乗った渾身《こんしん》の右ストレートが放たれる。

スキル発動と念じつつ、俺はそれをまっすぐに見据えた。

恐怖感は微塵《みじん》もなかった。

当然だ。今の俺をこんなものが傷つけられるはずもない。

がつんっ！

金属を叩くような重い音が響く。

「えっ⁉　あれ？」

男はキョトンとした顔で俺を見ていた。

頬の辺りにパンチを受けて、身じろぎひとつせずに立っている俺を。

「今、何かしたか？」

にやりと笑ってみせる。

もちろん『絶対にダメージを受けないスキル』の力だ。

完全に発動のコツを飲みこめた。特別な身振りとか呪文みたいなものは一切不要。

ただ念じるだけだ。

シンプルに、『俺を守れ』と。

それだけで、俺のスキルは効果を発揮する。

ちょうどいいから、練習台になってもらうとするか。

「野郎！」

今度は別の男が俺の腹にキックを見舞った。

発動。

俺の前に極彩色の光が弾け、蹴りを跳ね返す。当然、ノーダメージである。

「な、なんだ、こいつ⁉」

「くそ、どうなってやがる⁉」

男たちはあっという間にパニック状態になった。全員で俺に拳や蹴りを繰り出す。

「だから効かないって」

まさしく雨あられと降り注ぐパンチとキックを、俺は涼しい顔で受け止め、その場に立っていた。

本当に、蚊に刺されたほども痛くない。つくづく便利なスキルをもらったと思う。

男たちはさすがに疲れたのか、全員ハアハアと荒い息をついている。もはや俺に殴りかかる者は誰もいなかった。

「飽きたな」

俺はぽつりとつぶやいた。

「そろそろ、俺から攻撃していいか？」

わざとらしく、もう一度笑ってみせる。といっても、これはハッタリだ。防御力は無敵でも、俺は攻撃に関して並の人間の身体能力しかない。

だけど、たぶん男たちはそう考えないだろう。俺のことを、超人的な実力を持った戦士か魔法使いだと思っているはずだ。

その俺が、攻撃に移ると宣言したのだから、恐怖を覚えないはずがない。

だったら、次にこいつらが取る行動は――。

「す、す、すみませんでしたぁっ」

その場に這《は》いつくばって、いっせいに頭を下げる男たち。

見事なまでの平謝りだった。

「あ、お待たせ、ハルト」

男たちがさっきの発言を謝罪し、逃げるように去ってから十分ほどしてリリスとアリスが戻ってきた。

「必要な書類はもらってきたから、一緒に報酬を受け取りに行きましょ……ふう」

「はあ……」

説明しつつ、ため息をつく二人。

「なんかげっそりしてないか、二人とも」

「えへへ、支部長にかなり絞られたのよ」

「本来、竜のような上級魔獣はSランクの冒険者でなければ対処してはいけないんです。私たちはその規則を破って、ハルトさんの町まで行きましたので」

リリスとアリスが苦笑交じりに告げる。

ああ、それならさっきの男たちが言ってた通りだな。

「だって、見殺しになんてできないじゃない。ランクは低くても、あたしたちだって冒険者なんだからっ」

リリスが拳を振り上げ、熱血口調で叫んだ。

「ああ、二人のおかげで俺の町は助かったんだ。感謝してる」

俺はあらためて二人に礼を言った。

「あ、よかったぁ。竜から町を守るために出動したって聞いたから、心配したよ。リリスもアリスも無事だったんだね」

と、駆け寄ってきたのは一人の女の子だった。

紫色をした長い髪は腰の辺りまで届いている。年齢は一つ二つ上だろうか、薄く化粧しているのもあって、艶めいた印象が強い。

身に着けているのは、ビキニタイプの水着を思わせる衣装だった。どうやら踊り子らしい。

肌もあらわ——っていうか、限りなく全裸に近い半裸って感じ。大事なところがかろうじて隠れているだけで、あとは褐色の肌が丸出しだ。

スタイルいいな、この子。しかも、おっぱい大きいし。

「ん？　こっちの男の子は誰？　ボクのおっぱいジーッと見てるけど」

と、紫髪の女の子が俺を見る。どうやら一人称は『ボク』らしい。

俺を非難するっていう感じじゃなく、どこか小悪魔めいた笑みを浮かべていた。

「い、いや、俺は別に……」

おっぱいなんて見てませんよ！

心の中で弁解しつつも、ちらちらと彼女の胸元に視線を引き寄せられてしまう。

「ふーん……？」

彼女はそんな俺を挑発するように、豊かな胸をぶるんと揺らしてみせた。ダイナミックに上下動しつつ、柔らかそうに変形するその乳揺れがまたエロい。

俺じゃなくても、年ごろの男ならガン見せずにはいられない絶景だ。

「ハールートー、やっぱり凝視してるんじゃゃないかな？」

リリスが俺をにらんだ。

強烈な怒気のこもった瞳に、ギクッと顔をこわばらせる俺。

「この子みたいなお色気系が好みなんだ？」

「うふふ、リリスちゃん、ヤキモチ焼いてますね〜」

「や、焼いてないよっ」

アリスのツッコミに、なぜかちょっとだけ顔を赤くして反論するリリス。

「彼はハルト。竜退治であたしたちを助けてくれたの」

こほん、と咳払《せきばら》いをして、彼女に俺を紹介する。

「へー。ボクはサロメ。よろしく〜」

サロメはやたら軽いノリで俺に自己紹介をした。

「露出度が高いのは踊り子兼冒険者だからなんですよ」

と、アリスが説明した。

あ、やっぱりそうなんだ。

「竜退治かぁ。じゃあ凄腕なんだね」

サロメがジッと俺を見た。

まるでキスしそうなくらいに顔を近づけてきて、ドキッとする。女の子とここまで至近距離で話したことなんてない。甘ったるい吐息が俺の顔をくすぐった。

「けっこう可愛い顔してるねぇ。ボクは好きだよ、キミみたいな子」

「えっ？　えっ？」

ますますドキッとする俺。

「でも、キミにちょっかいかけたら、リリスに怒られるかな？」

「だ、だから、そういうのじゃないってば！」

リリスが声を上ずらせる。竜退治のときの凜々《りり》しい態度とは大違いだ。

「さっき二人のために荒くれ男たちに言い返してたでしょ。本当はボクが出ようと思ったんだよね。キミの行動を見てスカッとしたよ」

「荒くれ男たち、って何の話？」

「何かあったんですか、ハルトさん～？」

リリスとアリスがキョトンとする。

「実はね……」

サロメがさっきの一部始終を話した。

「もしかして、あたしたちのために怒ってくれたの？」

「いや、まあ……リリスもアリスも命がけで町を守ってくれたわけだし、悪く言うのは許せないっていうか。名誉を守りたかったっていうか」

言いながら照れてくる。

「ありがとう、ハルト」

リリスがとびっきりの笑顔を浮かべた。

俺はますます照れてしまう。

「これは二人に恋の予感？　ふふふ」

サロメが興味津々といった様子で俺とリリスを等分に見やる。

「ち、ちょっと、何言い出すのよっ！」

リリスが真っ赤になった。

「リリスちゃんは恋愛関係の免疫ゼロですからねー。あんまりからかっては駄目ですよ、サロメさん～」

と、アリス。

「なんといっても初恋すらまだですし」

「姉さんまで！　だ、だいたい初恋がまだなのは姉さんも同じでしょ！」

「えへへ、そうでした～。私も人のことは言えませんね」

アリスがてへっと笑った。それをニヤニヤと見ているサロメ。

なんだか微笑ましくて癒される。

その後、俺は竜退治の報酬を受け取った。

全部で金貨六百枚というとんでもない大金だ。ちなみに一般的な家庭が一年間暮らすのに必要な額はおおよそ三十～四十枚である。

で、俺はその三分の一である二百枚を受け取ることになった。

報酬を受け取る、という目的を果たし、俺はいったん町に戻ることにした。

「冒険者のこと、考えておいてね。その気になったらいつでも連絡して」

別れ際にリリスが告げる。ギルドとは町にある魔導通信機で連絡が取れるそうだ。リリスやアリスの名前を言えば、直接連絡することもできるだろう。

「相談ならいつでも乗るし、一緒に戦えるなら嬉しい」

「私もです～」

と、アリスがほんわかとした笑みを浮かべる。

冒険者になる……か。

俺は心の中でつぶやいた。

正直、まだ自分の中で明確な答えは出ていない。

リリスやアリス以外にも色んな冒険者がいるんだよな。さっきの荒くれたちみたいな嫌な奴もいれば、サロメみたいな感じのいい子もいる。

ただ、冒険者になるってことなら、学校は続けられないだろう。就職みたいなもんだし。

「二人ともありがとう。町に帰ったら、もう一度ゆっくり考えて――それから答えを出すよ」

俺はリリスとアリスに礼を言う。

いや、あるいは――。

もう半分くらいは自分の中で答えが出ているような気もした。

あらためてリリスやアリスを見つめる。

思い出す。

必死で町を守って、戦ってくれたときの二人の顔を。

思い浮かべる。

俺に感謝し、冒険者に誘ってくれたときの二人の顔を。

期待され、必要とされる実感――それをこんなにも強く感じたのは、生まれて初めてだったんだ。

だから、俺は。

俺が目指したい道は――。


魔導馬車での三時間ほどの道程を経て、俺はタイラスシティまで戻ってきた。

家に戻り、報酬の金貨を見せると、両親は呆然とした顔になった。

もちろん報酬のことは伝えてあるんだけど、やっぱりこれだけの大金だと実際に目にしても実感が湧かないいんだろう。それでも段々とにやけ始め、最後には文字通り飛び跳ねて喜んでいた。

家計の足しになるように大半を渡そうとしたら、ほとんど受け取ってくれなくて、俺が持つように言われた。俺が、自分の手で稼いだ金なのだから、と。

本当は両親に何か買って贈ろうと思ったんだけど、いざ実行しようとするとめちゃくちゃ照れくさい。近いうちに何か買うなり、ちょっとした旅行なりをプレゼントすることにしよう。

明日からは、また平穏な日常が戻ってくるんだろうか。

毎日、決まった時刻に起き、学校へ通い、授業を受けて。

だけど、俺は予感していた。それももうすぐ終わるのだ、と。

平凡で変化のない学生生活から、波乱に満ちた冒険者の生活へと――。

俺はもう踏み出す覚悟を、決めつつあった。

※

そこは純白に輝く空間だった。

どこまでも果てしなく、ただ白い光が広がっている。荘厳な静寂に包まれた、一つの星雲に匹敵するほど広大な空間。

その中心に、七つの光の柱が等間隔に並んでいた。

「七つの魂がようやくそろったか」

柱の一つから渋みのある男の声が聞こえる。正確には、柱の内部からだ。

声の主はガレーザ。七柱の中でリーダー格――いわば主神ともいうべき存在だった。

「本来ならもっと早く始められたはず」

「まったく、随分と待たされた」

「それというのも、イルファリアが遅いからだ。他の六神はすでに半年も前に終えていたというのに」

他の光柱からも次々と不満の声がもれた。

「あら、悠久の時を生きる我々にとって、半年など瞬きするほどの時間でしかありませんわ」

批判にも平然と微笑み、女神イルファリアは光柱の中から告げた。

「ともあれ、私たちが選んだ魂にはすべて、しかるべきスキルが授けられました。準備は完了ですね」

人間の魂には、すべて番号が刻まれている。いずれも神々がその魂を生み出したときに刻んだものだ。端的にいえば、魂の製造番号といったところだろうか。

今回は、神々によってランダムに七つの番号が選ばれた。

いずれも、本来なら半年以内に死ぬべき運命を負った魂たち。だが神の力により、彼らの死はキャンセルされた。もう一度生きるチャンスを与えられ、同時に強大なスキルを授けられた。

その中の一つ──祝福番号７５９０６６１８２の魂。名前は確かハルト・リーヴァといっただろうか。素直でまっすぐで、なかなか自分好みの少年だった。

イルファリアは我知らず微笑む。

彼に与えた絶対不可侵の防御スキルは、この戦いに大きな波乱を巻き起こすだろう。

ただし彼が何を為すかは、イルファリアたちには関与できない。人が自らの意志で決め、進んでいくことに、神は手を差し伸べない。

ただ見守るだけだ。たとえ、その先に希望があっても、あるいは絶望が待ち受けていても。

「彼が魔の者たちにどう立ち向かうのか、あるいは立ち向かわないのか」

イルファリアが笑みを深くした。

「楽しみですね」

神と魔が戦えば、相反する属性が強烈に作用し、力を削ぎ、互いにその存在を食い合ってしまう。

待っているのは、お互いの消滅のみ。

だが、そういった制限を受けない人ならば――いや、人だからこそ、魔獣や魔族、魔王をも打倒できるかもしれない。

もちろん、万に一つの可能性の話である。魔の者たちは、人間などはるかに超越した力を持つのだから。

「では、始めるとしよう」

主神ガレーザが厳かに宣言した。

「終わりの、始まりの刻《とき》だ」

第2章　進むべき道

あれから一週間が過ぎた。

竜によって破壊された城壁や家の修理は急ピッチで進んでいるみたいだ。大多数の人たちはおおむね普段通りに過ごしている。

俺もタイラスシティであいかわらず学生生活を送っていた。

ただし、事件前と比べると、俺を取り巻く環境は一変していた。

「あ、ハルトくんがきた！」

「おはよう、ハルトくん！」

「おはようございます、ハルト先輩～！」

今日も登校したとたん、女の子たちが寄ってきた。これだけでも、俺としては激変といっていい変化だ。

「ハルトくんってすごいんだよね。竜を退治したとか？」

「ねえねえ、どうやって竜を倒したの？　剣？　魔法？」

「もしかして冒険者になったりするの？」

と、俺を質問攻めにする。

俺を見つめるキラキラとした瞳、瞳、瞳。

ふわり、と彼女たちの髪からは清潔感のある香りが漂ってくる。

騒がれるのが嫌で、俺は竜退治のことをことさらに他人に話したりはしていない。それがかえって興味を煽《あお》ってしまったらしく、連日のように皆が話を聞きたがった。

特に、今までは俺に見向きもしなかった女子たちが。

「くそ、今日もハルトのやつ……」

「ぐぬぬ、リア充路線まっしぐらか……」

「爆発しろ……爆発しろ……」

ああ、男子たちから恨めし気な視線を感じる。俺としても急激に周囲の反応や態度が変わってしまったことには、喜びよりも戸惑いの方が大きい。

とはいえ、こうやって女の子たちに囲まれるのは悪い気分じゃなかった。

学校でもトップクラスの美少女として名高い生徒会長が。

剣術部のエースを務める勝ち気系少女が。

クラス一の優等生である清楚《せいそ》系少女が。

先輩が、後輩が。果ては女教師や大学部、あるいは中等部や初等部の女子生徒までが――。

とにかく俺が行く先々で待ち受けては、取り囲んでくるのだ。最近王都で流行っているという噂《うわさ》の、ラブコメ小説の主人公みたいな状況である。

最強の魔獣であり、この世界において災厄の象徴ともいえる竜を倒した（正確にはリリスたちとの共同戦線なんだけど）――その事実は俺を一躍学校のヒーローにしてしまっていた。

中にはデートに誘ってくるような子もいるんだけど、俺にもやるべきことがある。残念ながら、ラブコメ気分にばかり浸っていられない。

なんといっても、最優先は『絶対にダメージを受けないスキル』のテストだった。

今後、俺が冒険者になるにしろ、ならないにしろ、早いうちに自分の力を把握しておいたほうがいいだろう。

放課後になり、俺はここ数日行っているスキルのテストを今日もやることにした。

調べたいのは、スキルを発動するための条件と、使用回数に制限があるのかどうか。

俺は人けのない森の中に入った。スキルのことを秘密にしなきゃいけないってことはないんだけど、見せびらかすようなものでもない。

「よし、やるか」

まずは、自分で自分を軽く殴ってみた。

スキルを発動するには、念じるだけでいい。『俺を守れ』とか『敵の攻撃を跳ね返せ』とか漠然としたイメージだけで大丈夫だ。

今も、自分の頬に向けて放ったパンチは、金属がぶつかるような音がして弾かれた。頬にも、そして拳にも痛みはまったくない。

「本当に不死身っていうか、無敵状態だな……」

ただしスキルを発動していない間は、当然のことながら普通にダメージを受ける。

昨日、クラスメイトに頼んで、俺が気づかないように不意打ちで小石を投げてもらった。

結果、当たった小石は俺に痛みを与えた。

もちろん軽く投げてもらったから、大した痛みじゃないんだけど。それでも、痛みは痛みだし、そもそもスキル発動の証である『極彩色の光』や『天使みたいな紋様』も現れなかった。

あくまでも俺が『絶対ダメージを受けない』のはスキル発動中だけだ、と考えてよさそうだ。

次に、使用回数の制限があるかどうかを確かめてみる。

とりあえず俺は自分を三百回ほど殴ってみたが、スキルは毎回発動した。五百とか千とか増やしていくとさすがに疲れるので、今日のところは三百でいったんストップした。

現状での結果からは次の三つが考えられる。

・スキル発動に回数制限なし。無限にスキルを使える。
・スキル発動に回数制限あり。ただし数百回程度は連続使用可能。
・スキル発動に回数制限あり、かつダメージの大きさによってその回数が変化する。

厄介なのは三つ目だったパターンだ。

たとえば防げるダメージ量が決まっているとして、一のダメージなら百回防げるが、百のダメージだと一回しか防げない、といった場合。

もし、このパターンなら調べるのがけっこう厄介なことになる。というか、調べようがないかもしれない。

　あとは時間帯制限なんかも念のために調べたが、これは朝昼晩いつでも発動した。たぶん『この時間帯だとスキルは使えない』といった制限はないんだろう。一般的な魔法には、そういう制限つきのものもあるらしいけど、神さまがくれたスキルだし、また違うらしい。

　ということで、二時間ほど調べて今日のテストを終えた。日は沈みかけ、すでに夕方だ。

「明日は、何を調べればいいかな」

　森から出た俺は、自宅に続く大通りを進んだ。

「やっぱり協力者がいたほうがいいんだけど……うーん」

「協力者？　あたしでよければ手伝うよ」

「本当か？　それは助かる――」

　言いかけて、ハッと顔を上げた。

　大通りの前方に、すらりとしたシルエットがたたずんでいた。

　夕日を浴びて淡く輝く黄金色の髪。ツインテールにした先端が、風にゆらめいている。

　そして、俺を見つめる切れ長の青い瞳。

「また会えたね、ハルト」

　リリスが、嬉《うれ》しそうな微笑みを浮かべていた。

「一週間ぶりですね、ハルトさん」

「ボクも来たよっ、ハルトくん」

リリスの背後には銀髪ショートボブの美少女と、紫髪ロングヘアの同じく美少女――アリスとサロメがいる。

ちなみにリリスとアリスは初めて会ったときと同じく、体のラインが浮き出る黒い上衣にスカート、その上から黒いローブを羽織った黒ずくめという格好だ。

サロメの方は体をすっぽり覆う外套《がいとう》を身に着けていた。踊り子風の露出度の高い衣装だと、さすがに外を歩くのは寒いからだろうか。

「三人とも久しぶり」

思わず頰が緩む。彼女たちにまた会えたのは、俺としても嬉しい。

あらためて対面すると、リリスやアリスはもちろん、サロメも負けず劣らず可愛いな。

「もしかして、また冒険者の仕事か？　まさか町に魔獣が出るとか……」

いや、いくらなんでも二週連続で魔獣に襲われたりしないか。

「ええ、出るのよ」

「出るのかよ⁉」

この町、呪われてるんじゃないだろうか。

魔獣っていうのは、『魔界』と呼ばれる異空間から突然現れるモンスターのことだ。

出現時期も、場所も、ランダムだって言われてる。だから世界中のあちこちで現れるんだけど、出現頻度はそれほど高くなかった。世界で数日に一体現れるかどうか、ってところ。

世界中に百以上ある国の中で、一つの都市が二週連続で襲われるとは……運が悪いなんてレベルじゃないな。

「冒険者ギルドの虚無闇測盤《ヴォイドレーダー》によると、あと三日でタイラスシティ郊外の南東数百メティル内に出現するはずよ。正確には魔獣じゃなくて魔族が、ね」

「魔族？　魔獣とは違うのか？」

「ええ、一般的にはひとくくりに『魔獣』と呼ばれることもあるけど、ギルドでは二種に分類されているの。簡単にいえば、知能の低いモンスタータイプを『魔獣』、人間並みの知能を持つタイプを『魔族』と呼称しているのよ。あくまでも便宜上の分類で両者は基本的に同質の存在なんだけどね」

俺の問いに答えるリリス。

「で、今回現れるだろうと予測されているのは魔族の方よ。種族名は『空間食らい《Dイーター》』。脅威評価はクラスＡ」

「クラスＡ？」

「クラスっていうのは魔獣や魔族の強さを表すために、ギルドが分類したもの。最強のＳから最弱のＥまで六段階に分かれているの。ちょうど冒険者のランク分けと対応してる形ね」

と、説明を続けるリリス。

「ちなみにこの間の竜はクラスＳよ」

「じゃあ前回より弱いってことか」

「単純な戦闘能力だけならそう。だからといって、楽な戦いになるとは限らない」

リリスが険しい表情になった。

「前回の竜は魔法が使えないタイプだったし、ブレスや爪、牙などの直接攻撃力は高いけど、城壁があれば侵入を防ぐことができたの。でも、今回の魔族は違う」

と、物憂げな吐息。

「Dイーターは空間操作系の魔術を操るの。空間を歪《ゆが》めて攻撃したり、あるいは瞬間移動のような術まで使えるそうよ」

「瞬間移動ってことは、城壁が役に立たないのか？」

それって敵がどこに現れるか分からない、ってことだよな。

「魔族が町に侵入してくるのは確実でしょうね」

リリスがうなずく。

「つまり、戦いは町中で行われることになる。もちろん町長さんを通じて避難勧告は出してもらうけど、神出鬼没の敵だから確実に迎撃できるとは限らない。もしも魔族があたしたちの防衛ラインをすり抜けて、住民の避難先まで移動してきたら」

そこまで言って、リリスの表情に暗い影が浮かんだ。

「虐殺、でしょうね」

俺はごくりと息を呑《の》んだ。

「魔族には殺戮《さつりく》を好む者が多い。人の持つ負の感情――恐怖や絶望は、彼らにとってエネルギー源だから。実際にそうやって一つの町の住人が皆殺しにされた事例も、いくつもあるから……」

背筋がゾッとなった。

俺の身近な誰かが襲われるかもしれない。殺される、かもしれないんだ。

ある意味では、竜よりもずっと脅威である。少なくとも『守り難さ』という点においては……。

「魔獣や魔族には、それと同格以上の冒険者でなければ対処してはいけない規則なの。今回はクラスAだから、担当するのはランクA以上の冒険者」

「要はボクのことだね」

と、サロメが暗くなった雰囲気を払拭するように明るく笑う。

天真爛漫《てんしんらんまん》な笑顔を見ていると、なんだか気持ちが上向きになる。

「こう見えてもランクAの冒険者なんだよ、ボク」

確かリリスとアリスはランクBって言ってたから、サロメはそれより格上なのか。

「で、ボクの助手扱いでリリスとアリスに来てもらったの。助手の場合は、魔獣や魔族と同格じゃなくてもＯＫって規則だから依頼したってわけ。そして、キミにも」

「俺……？」

「おおよそのことはリリスとアリスから聞いてるよ。ハルトくんは冒険者じゃないけど、それに匹敵するだけの能力があるんでしょ？　今回の任務では、キミもボクの助手として手伝ってほしい。少しでも戦力が多い方がいいからね」

サロメが俺に右手を差し伸べた。微笑を消し、真剣な顔で俺を見つめる。

「もちろんキミには拒否権がある。危険な任務だし、断ってくれてもかまわない」

「いや、一緒に戦うよ」

俺は迷わず彼女の手を握った。柔らかくて、温かな手だ。

神出鬼没の敵。町の人たちが襲われるかもしれない相手。

そんなことを聞いて、断るなんて選択肢は出てこなかった。

俺にだって、魔族に立ち向かう力はあるんだ。

「俺も、俺にできることをしたいから」

決意は、固まった。

「じゃあ、堅苦しい話は終わりだね。これから四人で共同戦線なわけだし、親睦を深めるためにもご飯食べよ」

ふたたび笑顔に戻ったサロメが提案する。

「サロメはただ食べたいだけでしょ」

「食いしん坊さんですからね～」

リリスとアリスが即座にツッコんだ。

「だってボク、この町に来たのは初めてだし。名物料理とか食べたい。食べたいっ」

目をキラキラさせて熱弁するサロメ。

「じゃあ、家に連絡してくるよ。今日は外食する、って」

俺はいったん彼女たちに別れを告げた。

実家まではここから十分ほどの距離だ。魔族のことはいちおう伏せ、今日の夕食はリリスたちと一緒に食べると伝えた。

俺の家はタイラスシティ南区域の住宅街にある。

石造りの一軒家だった。特別金持ちってわけじゃなく、めちゃくちゃ貧しいってわけでもなく、この町におけるスタンダードな『平民の家』って感じである。

そこに俺はリリスとアリス、サロメの三人を連れてきた。

夕食のことを話したら、両親が三人を招待したいと言ってきたのだ。

「お招きいただきありがとうございます。私はアリス・ラフィール。こちらは妹のリリス・ラフィールです～」

アリスがほんわか笑顔で挨拶をする。

「お、お邪魔します……」

一方のリリスは柄にもなく緊張しているみたいだった。

「ボクはサロメ・エシュです。ご馳走《ちそう》になりますねっ」

元気よく言って頭を下げるサロメ。

というわけで、今日の夕食は彼女たちを交えて始まった。

「長い移動で疲れたろう。ゆっくり休んでいきなさい」

「まさか、ハルトがこんな可愛い女の子を三人も連れてくるなんてねぇ」

和気あいあいとした雰囲気の中、父さんも母さんもすっかり相好を崩している。

考えてみれば、誰かを家に連れてくるなんて初等部のとき以来だ。中等部でも高等部でもそこまで親しい友だちなんて一人もいないしな。女の子を三人も連れてきている今の状況は、なんだか照れくさいような、甘酸っぱく胸が疼《うず》くような不思議な気持ちだった。

食卓にはいつもよりも上質な肉やたっぷりの野菜、手の込んでそうなスープなどが並んでいた。貴族が食べるような豪華なメニューではないけれど、俺の家では最上級のご馳走である。

「ありがとうございます。美味しそうっ」

サロメが目をキラキラさせていた。

「サロメさん、よだれよだれ」

「あ、いけない……じゅるり」

アリスに指摘されて、サロメは慌てたように口元をぬぐう。

「でも、突然押しかけてしまって、申し訳ないので。あたしたちにも食事代を出させてください」

リリスが申し訳なさそうに申し出た。

「何を言ってるんだ。ハルトの友だちが来てくれたんだから、もてなしをさせてほしい」

「私たちが招いた立場なんだし、遠慮しないで食べてほしいんだよ」

父さんと母さんがニコニコ顔でリリスの申し出を断る。

「ですが……」

「俺たちの気持ちだ。どうか受け取ってくれ」

「そうしてくれたほうが、私たちも嬉しいんだよ」

父さんと母さんが重ねて言うと、

「わかりました。では、ありがたくいただきます」

リリスも納得したのか、丁寧に頭を下げた。

アリスとサロメも同じように丁重に礼を言う。それから二人で顔を見合わせ、

「リリスちゃん、かしこまってますね～」

「ほら、あれじゃない。ハルトくんのご両親にちょっとでもいいイメージを持ってもらいたいっていう乙女心的な」

「リリスちゃんったら、すっかり恋する女の子に……」

と、ささやき合っていた。

「……全部聞こえてるんだけど。話を勝手に飛躍させないでくれる？」

リリスがジロリと二人をにらんだ。

そんな会話を交えつつ、俺たちの懇親会的な夕食は進んだ。

「あなたたち冒険者が来た、ってことは、また魔獣が現れるってことかねぇ」

「はい。無用な混乱を避けるためにまだ内密に願いたいのですが……正式には明日、町長から住民の皆さんに避難勧告を出してもらう予定です」

心配そうな母さんに、リリスがうなずいた。

「魔獣か……やれやれ、この間も竜が出たっていうのに」

父さんがため息をつく。厳密には魔獣じゃなくて魔族なんだけど、その辺はツッコまないでお

く。俺もさっき知ったばかりだしな。

「心配しないでください。ボクたちが必ず食い止めます」

サロメが真剣な顔で告げた。左右で、同じように真剣な顔でうなずくリリスとアリス。

さっきまでの女の子らしい笑顔とは違う。きっと、いくつもの戦いでたくさんの人たちを守ってきたであろう『冒険者』の顔だった。

俺も、もし冒険者になったら——こういう顔になるんだろうか。


そして、三日が過ぎた。

冒険者ギルドの虚無闇測盤が計測した魔族の出現予想日は今日。

そして出現予想地点は町の郊外、南東数百メティル内だ。

町の人たちの避難はすでに完了している。中央区にある町の庁舎内に全住人が入っていた。

で、表門にはサロメとアリスが、裏門には俺とリリスがそれぞれ待機することになった。

「魔力を大量に消費する瞬間移動魔法は乱発できない。長距離の移動もできない。だから魔族はここまで歩いてくる可能性が高いと思う」

サロメが作戦をおさらいする。

「この建物の入り口は表門と裏門の二つだけ。表門に魔族が現れたらアリスが、裏門ならリリスが、魔法を空に打ち上げて合図を送って。もう一方の組が現場に駆けつけて挟撃するから」

ちなみに彼女は外套をつけておらず、初めて会ったときと同じく水着みたいな露出度の高い踊り子衣装だ。あらわな褐色の肌やグラマラスなボディラインには、戦いの緊張感すら忘れてドキッとしてしまう。

「そういえばサロメってどうやって戦うんだ？　まさか踊りで？」

「そんなわけないじゃん。踊りで幻惑したりはできるけど、それはあくまでも補助。ボクのメイン戦闘技術は別にあるよ」

にっこり笑ったサロメの胸元がぷるんと柔らかそうに揺れる。

やっぱり、でかいな……なんて考えてる場合じゃないか、さすがに。

「じゃあ、魔族の出現予測時刻までもう少しだし、持ち場まで行こ。がんばろうねっ」

言って、サロメとアリスは表門に移動していった。俺とリリスは裏門へ行き、そこで待機だ。

魔族『空間食らい』の習性や能力については、すでにレクチャーを受けている。

空間操作の魔法には、いくつものバリエーションがある。

Ｄイーターが習得しているのは基本的に『瞬間移動』や空間ごとそこにいるものを潰す『圧縮』の二種。魔力消費量の関係で、瞬間移動は乱発できないそうだが、圧縮の方はある程度の数を撃てるらしい。

おそらくこの圧縮を主体にして、魔族は攻めてくるだろう。空間ごと押し潰す攻撃には、普通の防具も盾も耐えられない。本来なら防御が難しい、おそるべき攻撃だ。

だけど俺には神のスキルがある。発動すれば竜のブレスや尾や牙すら防ぐ、不可侵の防御力。

圧縮を俺が防ぎ、リリスが隙を突いて魔法で攻撃する、というのが基本戦術になるだろう。

「いい人だったね、ハルトのお父さんとお母さん」

リリスがぽつりとつぶやいた。待っている間の緊張をほぐそうというのか、俺に微笑む。

「家族っていいね。温かくて。あたしはそういう家庭じゃなかったから、この間の夕食は楽しかったよ。ありがと」

そういえば、以前に出会った荒くれ者の冒険者たちが『リリスとアリスは父親の権力を後ろ盾に好き勝手してる』なんて嫌味なことを言ってたっけ。

もちろん彼女たちは、そんな人間じゃない。こうして接していれば、それは伝わってくる。

複雑な家庭の事情でもあるのかもしれないな……。

「『普通で平凡な家庭』っていうのは、とても貴くて大切なものだと思うの。ご両親を大事にしてあげてね、ハルト。いつだって当たり前に傍にある——そんなものが突然崩れ去ることもあるから」

寂しげに微笑む彼女を見ていると、無性に胸が切なくなった。

「リリス……？」

「あ、ごめんごめん。押しつけがましいこと言っちゃった」

リリスが慌てたように両手を振った。

「とにかく、そういう人たちを守るために、がんばらなきゃなー、って。うん、あたしが言いたかったのは、それだけ」

「ああ、守りたい気持ちは俺も一緒だ」

時刻はちょうど正午を迎えた。普段ならそれを知らせる鐘が中央区の時計台で鳴るんだけど、今日はさすがに担当職員も避難しているから無音である。

そのとき、郊外の上空に黒い何かが現れた。

最初は黒い点に見えたそれは、染みのように広がっていく。

「あれは――!?」

空を見上げる俺に、リリスがうなずいた。

「『黒幻洞《サイレーガ》』。魔界とこの世界を繋《つな》ぐ亜空間通路よ」

その声は、緊張を孕《はら》んで硬い。

いよいよ、魔族のお出ましってことか。

黒い染みのような何かはさらに広がり、中央に穴のようなものが出現した。穴から黒い稲妻が城壁の向こう側に降り注ぐ。町の郊外南東に、魔族が降り立ったんだろう。

ほどなくして、かつ、かつ、かつ、という足音が聞こえてきた。

町を囲む城壁は、瞬間移動が使える魔族にとっては何の妨げにもならない。あっさりと町に侵入し、人間が集まっている気配をかぎつけ、近づいてきたらしい。

どっちから来る……!?

サロメたちのいる表門か。俺たちのいる裏門か。

緊張感がさらに高まった、そのとき。

「見つけたぞ……人間……俺の、糧……」

重々しい声が響き、前方から黒い影が現れた。

ボロキレのようなフードとローブをまとった、人間によく似たシルエット。フードをかぶった顔には、道化師を思わせる白い仮面をかぶっている。

魔族『空間食らい』。

「こっち側に来たみたいね」

あるいは避難所の中に直接瞬間移動してくるパターンも想定していたんだけど、幸いこれなら迎え撃てるポジションだ。

「ハルト、心の準備はいい？」

たずねるリリスに俺は力強くうなずいた。

「ああ、迎え撃つぞ」

「感じるぞ……そこの建物に大量の人間がいる……」

アーチ状の門の前まで来たDイーターが静かにつぶやく。

「俺の餌……これほど大量とは……」

その声に明らかな喜悦の色が混じった。

「人間の持つ負の感情……恐怖、悲しみ、苦しみ、絶望……それらすべてが、我ら魔族の力の源……それらすべてを吸い上げ、我らはさらに力を増す……」

「人間は、お前らの食いものじゃない」

俺はぎりっと奥歯を噛《か》みしめる。

「貴様は俺に対して恐怖ではなく、怒りと闘志を……感じているのか……それは魔族の糧にはならんな……」

Ｄイーターがため息をついた。

枯れ木を思わせる細い腕を突き出す。その手のひらに黒い何かがにじみ――、

がおんっ！

腹に響く轟音《ごうおん》とともに、巨大な鉄の門がひしゃげ、その一部が削り取られたように消失した。

さらに、轟音が二度。

鉄の門の残りが根こそぎ消失する。

その付近の大地までが、クレーター状に吹き飛ぶ。

このままだと、町全体が消失するんじゃないかというほどの勢いだ。

「空間操作魔法による『圧縮』ね」

隣でつぶやいたリリスの顔が青ざめていた。

確かに、すさまじい威力だ。しかも連続使用できるらしいのが厄介だった。

「大丈夫だ、俺が防ぐから」

俺はリリスをかばうように一歩前に出た。

「……我が力を見ても怯《ひる》まんか。俺の食事を阻止しようということか……？」

「阻止？　違うな」

俺は魔族をにらみつけた。

「倒すんだ。町の人たちに手出しできないように」

「ならば……貴様らを倒せば、俺はゆっくりと食事ができるわけだ……そこにいる人間どもを狩りつくして……な……」

魔族がゆっくりと近づいてきた。無防備ともいえる歩調。

「攻撃できるものなら……してみるがいい、矮小《わいしょう》なる人間よ……」

「舐《な》めないでよね」

リリスが銀の杖《つえ》をまっすぐに構えた。挑発的な魔族に対し、持ち前の勝ち気さに火がついたみたいだ。立ち上る魔力のオーラが、ツインテールにした黄金の髪をたなびかせる。

「風王弾《エアロショット》！」

渦を巻きながら進む風圧の弾丸は、しかし、

魔族が右手を軽くかざすと、あさっての方向に弾かれていった。

「歪曲空間《ディストーション》」

「なら、これで——雷襲弾《サンダーバレット》！」

「無駄だ」

続けてリリスが放った雷撃も、同じように弾かれた。上空高く跳ね上がった光球はそこで弾け、爆光の花を咲かせる。

「……普通に撃っても駄目みたいね。前方の空間を曲げて、魔法ごと弾かれてしまう」

分析するリリス。

「竜を倒したあの魔法は使えないんだよな？」

「ええ、あれはマジックミサイルがないと、あたし単独の力では無理よ。マジックミサイルは貴重品だから、この間使ったとっておきの一発しか持ってないし。仮に撃てたとしても、空間ごと曲げられたら当たらないでしょうね」

念のために確認した俺に、リリスが説明した。

「ただ、Ｄイーターは竜みたいな非常識な耐久力を備えているわけじゃない。当てることさえできれば、十分に倒せるはずよ」

「当てることさえできれば、か」

俺はつぶやきながら、もう一歩前に出た。

「魔族の注意を俺が引きつける。リリスは隙を見て攻撃を頼む」

「ハルト、気を付けて」

「平気平気。俺は竜の攻撃を受けても傷一つ受けない男だからな」

軽口めいた口調で言ったのは、心配そうなリリスを安心させるためだ。

もちろん彼女だって、俺の防御能力の高さは理解しているだろう。それでも、いざとなると不安を抑えられないのかもしれない。

「あいつの攻撃は――全部、俺が止める！」

威勢よく叫んで、俺は地を蹴った。まっすぐに突進する。

基本的に魔法っていうのは、同時に二つは使えない。俺は事前のレクチャーでそう聞いていた。

だから俺に対して攻撃している間は、さっきみたいに空間をねじ曲げる防御術は使えない。

「ひしゃげて潰れろ……人間……」

Ｄイーターが俺に向かって手をかざす。細くねじくれた五本の指を鉤爪《かぎづめ》のように曲げ、グッと握るような仕草。

「歪曲圧搾弾《ブレッシャーボム》……」

次の瞬間、視界がまるで蜃気楼《しんきろう》のように歪んだ。

いや、違う。歪んでいるのは俺の周囲の空間だ。

さっきも見た、鋼鉄さえも圧潰《あっかい》させる『圧縮』の攻撃魔法。

どれほど頑強な防具でも、強靭《きょうじん》な肉体でも、空間ごと潰されたらどうにもならない。肉も骨も壊れ、ひしゃげ、ねじ曲がり――無残な死を、迎えることだろう。

だけど俺は避けない。まっすぐに走り続ける。

「ハルト！」

悲痛に叫ぶリリス。

「自ら死ぬつもりか……？」

訝《いぶか》る魔族を見据え、さらに加速する。

スキル発動！

念じるのと同時に極彩色の光があふれた。俺の前に天使を思わせる紋様が浮かび上がる。空間が歪曲《わいきょく》していることを示す蜃気楼のような揺らぎは、その輝きに触れた途端、あっさりと霧散した。

もちろん、俺はノーダメージだ。

「……何⁉」

魔族がますます訝る。

「偶然、避けたか……？　ならばもう一度――」

さっきと同じ呪文が俺を襲った。空間が歪み、俺を押し潰そうと圧力をかけ――、
スキル発動、二回目！

弾けた極彩色の輝きが、圧縮を完全に無効化する。

「馬鹿な……⁉」

魔族がうろたえたように後ずさった。

「魔法ではない……なんだ、貴様のその力は――」

俺は最高速まで加速する。

「お、おのれ……っ！」

なおも圧縮を連発する魔族。どうやら攻撃のバリエーションはこれしかないらしい。

そもそも、本来なら防御不可能の魔法だ。これ一つあれば、他の小技は不要ってことだろう。

だけど、俺には通じない。傷一つ与えることはできない。

断続的に放たれる圧縮を、その都度スキルを発動して無効化する。

俺はトップスピードのまま駆け続け、三メティルほどの距離まで迫った。

あと一歩、二歩。それで手を伸ばせば届きそうなくらいに。

「な、ならば――全開魔力の圧縮でぇぇぇぇっ！」

魔族が絶叫とともに両手を突き出した。もはやパニック状態に近いんだろう。

前方が蜃気楼のように揺らぐ――だけじゃなく、薄紫色の何かが広がり始める。

今までとは違う現象だ。言葉通り、魔力を全開にした圧縮攻撃を放とうというのか。

おそらくその威力も、今まで以上――。

「消えろ！」

俺は叫ぶ。

半ば無意識に。半ば本能的に。

言葉にすることで、俺の意志はより明確になり、スキルの効力がより強く顕現する――。

俺はそれを悟っていたのかもしれない。前方に浮かび上がった極彩色の輝きは、今までよりもはるかにまばゆく、強烈な光量で周囲を照らし出した。

「なんだ……⁉」

俺は驚きに目を見開いた。

紋様の形がいつもと違う。翼を広げた天使を思わせるデザインは同じだけど、翼の数がいつもの二枚じゃなく四枚になっていた。

「まさか、それは――」

魔族が驚愕《きょうがく》の声を上げる。

「護りの女神の紋章《イルファリア・クレスト》⁉　なぜ人間ごときが神の力を……⁉」

俺の眼前に浮かぶ、四枚の翼を広げた天使の紋様。

そこからドーム状の輝きが広がっていく。これに触れた攻撃は、どれほどの威力があっても完全に跳ね返される。

ただ、今回は少し様子が違った。いつもなら俺の半径一メティル程度に展開されるドームが、どんどんと広がっていくのだ。

普段の倍か、三倍。

いや、まだ止まらない。さらに広がっていき、やがて俺と魔族を中心に半径十メティルほどのドームが完成した。

「な、なんだこれはっ⁉」

魔族Dイーターがうろたえたように『圧縮』を放とうとする。薄紫色のモヤみたいな何かは、全開魔力での攻撃だ。


それが、発動の直前に消失した。


「ありえん！　何かの間違いだ！　人間が、女神の力を――」

次から次へと魔法を放とうとする。

まるで、己の魔力の最後の一滴まで注ぎこもうとするかのような乱れ撃ちである。

だけど薄紫のモヤは、発生した端から消滅した。

空間歪曲魔法そのものが無効化《キャンセル》されている――⁉

「人間ごときに、この俺が何もできないなど……あってたまるか……っ！」

魔族としての意地か、プライドか。Ｄイーターは頑ななまでに圧縮を連発しようとする。

「消えろ」

だけど俺が再度唱えたその一言だけで、魔族の攻撃は発動前にすべて霧散する。

何度やっても結果は同じだった。

そういえば、と前回の戦いを思い出す。竜の尾の一撃を受けたとき、単にダメージを受けなかっただけじゃなく、吹っ飛ばされることもなかった。

絶対にダメージを受けないスキル——それは、単に体を頑強にするわけじゃない。

あるときは攻撃を弾き返し、またあるときは攻撃そのものを消し去る。発現する現象にいくつかのバリエーションがあるみたいだ。

そして今は、このドーム内で攻撃の消去か、あるいは無効化が発生している、のか？

今までの、俺の体を包むだけだったドームを『鎧《よろい》』に例えるなら、今のこれは範囲内のすべての攻撃を発生前に打ち消す『領域』。

そう、名づけるならこの形態を——。

不可侵領域《バリアフェイズ》、とでも呼ぼうか。

「リリス、撃て！」

俺は背後に向かって叫んだ。

「え、でも……」

返ってきたのは、戸惑い混じりの声。

確かに魔族Dイーターは空間をねじ曲げ、攻撃魔法を防ぐことができる。

だけど、その手はもう通じない。

とはいえ、説明している時間はないし、説明していたら相手に対策されてしまうかもしれない。

だから俺は一言だけ、こう告げる。

「俺を信じろ」

「分かった！」

リリスが呪文の詠唱に入った。

※

リリスの眼前に展開されたのは、極彩色の輝きの乱舞だった。ここが戦いの場であることを一瞬忘れるほど美麗なきらめきだ。

「リリス、撃て！」

前方でハルトが叫び、彼女は意識を戦いに戻す。

「え、でも……」

戸惑いの声を返した。

自分の魔法はすでに二度、魔族に跳ね返されている。空間ごとねじ曲げる防御術の前に、風も、雷も、いずれも届かなかった。おそらく何度やっても結果は同じだろう。

「俺を信じろ」

振り返ったハルトが静かに告げた。その顔を見ていると、不思議なほど安心感が湧きあがる。やれる、という自信と勇気を与えてくれる。

「分かった！」

リリスは力強くうなずいた。銀の杖を頭上に掲げ、すべての魔力を込める。

「刃の翼、刃の爪、刃の嘴《くちばし》、六天に羽ばたく鷲《わし》よ。輝きより出でて、闇へと還る。虚無より這《は》い出て、月へと翔《か》ける──」

杖の先端に黄金の輝きが宿った。バチッ、バチィッ、と空気が激しく帯電していくのが分かる。

極限まで練り上げた魔力を、杖の先端という一点に注入。

その魔力を収束。加速。増幅。燃焼。

そして、解き放つ。

「薙《な》ぎ払《はら》え──雷撃鷲刃爪《ガルーダブレード》！」

掲げた杖の先から、ひときわ鮮烈な輝きを放った。

撃ち出されたのは、天空を舞う鳥のような形をした雷の塊。リリスがもっとも得意とし、自身の手持ちの中で最強の威力を誇る雷撃魔法だ。

雷撃の鳥が、ハルトや魔族を覆う極彩色のドームへと迫る。

「無駄だ……お前の術は魔法を打ち消す……俺の魔法が消される代わりに、味方の魔法も……届かん……」

Dイーターが笑った。

確かに、魔族の魔法は発動すら満足にできていない。薄紫色のモヤが生まれても、一瞬にして霧散してしまう。

文字通りの完全無効化。

たとえランクSに属する魔法使いの冒険者や、大国の宮廷魔導師クラスでもここまでの防御呪文を操れるか、どうか。超絶的な防御能力だった。

だが、それは諸刃の剣でもある。

おそらく自分の魔法もあれに触れれば、同様に無効化されてしまう。相手の攻撃が通じない代わりに、味方の魔法も打ち消してしまうのだから――。

「少し違う」

ハルトが静かに告げる。

「このドームは『魔法を無効化する』んじゃない。『魔法の発動』を無効化するんだ。つまり――」

雷撃の鳥は、ドーム内に進入した。

「ドームの外で発動した魔法が消滅することはない」

「し、しまっ――」

Ｄイーターが痛恨の叫びを上げる。

慌てたように空間歪曲で防御しようとするが、ハルトの言葉通りドーム内では魔法が発動しない。

防御を封じられて無防備の魔族を、雷の鳥が撃ちすえた。

弾ける黄金の輝き。腹に響くような爆音。吹き荒れる衝撃波。

「がは……ぁぁ……っ…………」

小さな苦鳴を上げ、魔族が倒れ伏す。全身にまとったローブは無残に焼け焦げて白煙を上げていた。もはやピクリとも動かない。

「やったな、リリス！」

ハルトがこちらを見て、微笑んだ。

彼のおかげで敵を倒したのは、これで二度目だ。クラスＡの魔族やクラスＳの竜の攻撃さえ完封してしまう防御能力は、まさしく絶大の一言に尽きる。

しかも、リリスが見たこともない魔法の術式だ。彼がオリジナルに開発した新型防御魔法、ということなのだろうか。

「本当に……すごいね」

つぶやいた表情が、わずかにこわばる。

嬉しいはずなのに。喜ぶべきはずなのに。

胸の奥に、かすかなざわめきが生じていた。

（仮に軍事利用できるとなれば、圧倒的な戦力になるでしょうね）

脳裏に浮かんだのは、酷薄な男の顔だった。

(お父様)

もしも王国の軍事顧問を務める彼女の父、ラフィール伯爵がこれを知れば、どう思うだろうか。

間違いなく、強い興味を示すだろう。

この国を強大化させ、大陸の覇者へ導かんと野心を燃やす、あの父ならば。

いや、父だけではない、あるいは他の国々も——。

「どうした、リリス?」

ハルトが怪訝《けげん》そうにこちらを見ている。

「な、なんでもないの」

リリスは小さく首を振った。言葉とは裏腹に、胸騒ぎは消えない。

「ハルト、あなたの力は強すぎる……」

不吉な予感が、どうしても消せない。

「もしかしたら、あなたはいずれ世界に波乱を呼ぶ存在に——」

震える声が、風の中に溶け消えていった。

※

「もしかしたら、あなたは——」

リリスが俺のほうを見て何かをつぶやいた。ただ、その言葉は風にまぎれて断片的にしか聞き取れない。

やけに深刻な顔をしているけど、どうしたんだろう？

怪訝に思った、そのときだった。

「まだ……だ……」

目の前でDイーターが立ち上がる。

こいつ、まだ生きてるのか！

さすがにリリスの魔法のダメージが大きかったらしく、ローブをまとった体はふらついていた。白い仮面はヒビだらけだし、全身から白煙が上がったままだ。

「……そこの人間どもを殺し、恐怖を食らえば……俺はまた回復する……！」

苦しげにうめくDイーター。黒いローブ姿がぼんやりとかすんでいく。

まずい、瞬間移動ってやつか！

庁舎内に避難している人たちを殺して、エネルギー源である恐怖の感情を食らう――そういう目論見なんだろう。

「リリス、もう一発魔法を！」

叫びつつ、俺は走って魔族との距離を詰める。

「駄目、さっきので魔力のほとんどを使ったから、次の呪文まで回復が間に合わない……」

背後でリリスがうめいた。

「待っていろ……回復したら、今度こそ貴様らを殺しに行く――」

さすがにダメージが大きいせいか、あるいはもともと時間のかかる術式なのか、瞬間移動が発動するまでにタイムラグがあるみたいだ。

それでも、間に合うかどうか。

いや、間に合わせるんだ。ここまで追いつめたのに、結局町の人たちを守れないなんて――絶対に嫌だ！

俺はDイーターとの距離をさらに詰める。

目の前では、魔族の姿がどんどん薄れていく。瞬間移動の魔法が完成しようとしている――。

「よくやったよ、ハルトくん、リリス」

突然の声は、どこからともなく聞こえた。

「えっ……!?」

一体いつの間に現れたのか。

まるで野生の獣並みの速度で、魔族の背後から疾走する褐色の影――。

「後はボクが始末する」

サロメだ。紫の髪をなびかせながら、彼女はさらに加速する。とても人間とは思えないほどの超スピードで。

「き、貴様、いつの間に――」

振り返り、うろたえるDイーター。直前まで彼女に気づかなかったのは、魔族も同じらしい。

「その速力……『因子』持ちか……⁉」

「エルゼ式暗殺術隠密歩法《おんみつほほう》『木枯《こがら》し』」

静かに告げたサロメは、すでにDイーターに肉薄していた。それこそ瞬間移動を思わせる速度で。

「気配を消すのは、ボクの得意技なんだよ。そして、殺しの技もね」

ささやいたサロメが、無造作にナイフを振るう。

相手に断末魔を上げさせる暇さえ与えずに。

放たれた一閃《いっせん》は銀の軌跡を残し、魔族の首を刎《は》ね飛ばした。


今度こそ魔族は絶命した。

町の避難警報は解かれ、避難所になっていた庁舎から待ちかねたように住民たちが飛び出してくる。誰もが安堵《あんど》や喜びの表情を浮かべていた。

「やったのか！」

「化け物を倒してくれたんだな、ありがとう！」

「ありがとう！」

みんなからの感謝の声。賞賛の声。

その中には俺の両親や近所の人たち、学校のクラスメイトもいた。夢中で戦っていたから、まだ実感が湧かないけれど、俺たちが魔族を倒したおかげで、この人たちを守ることができた、ってことだよな。

「あんたたちは町の英雄だ！」

「ああ、英雄だよ！」

興奮したように叫んでいる人たちもいた。

「なんか照れるな」

さすがに英雄とまで呼ばれると、くすぐったい気持ちになる。

「遠慮することないじゃない。魔族に勝てたのは、あなたのおかげよ」

リリスが俺に寄り添い、微笑んだ。

「そうそう、Ｄイーターの空間歪曲は恐ろしい魔法だからね。まともに受ければ人間なんてひとたまりもない」

サロメがにっこり笑う。

「ボクとアリスが駆けつけたときには戦いはほとんど終わってたけど、少しだけ見たよ。キミが不思議な光で魔族の攻撃を防ぐところを」

「初めて見る防御魔法です～」

と、これはアリス。

「キミが攻撃を防ぎ続けてくれたおかげで、リリスはフルパワーの魔法を叩《たた》きこむことができた。ボクも、弱った魔族の隙を突いて倒すことができた」

「隙を突く、か」

さっきの戦いで、彼女が気配もなく現れたことを思い出した。

「いつの間に来てたのか全然分からなかったよ」

「えへへ、ボクには暗殺技能があるからね」

にこやかな顔で言ってるけど、かなり物騒な技能だよな、それ。

「でも、それもリリスが合図してくれたおかげかな」

「リリスが？」

「最初の方であたしが雷の魔法を撃って、魔族に弾き飛ばされたでしょ？　あれは攻撃目的もあるんだけど、一番の目的は上空で爆発させて、表門のサロメや姉さんに合図を送るためだったの。魔族はこっち側に現れたよ、って」

へえ、そんな意図があったのか。

「私は何もできませんでした……」

アリスは肩身が狭そうだ。駆けつけたサロメが速攻で魔族を倒しちゃったから、彼女の出番がなかったんだよな。

「今回はサロメと姉さんは戦場から離れてたんだし、そういうこともあるでしょ」

と、リリスが慰めている。

「リリスちゃん、優しい」

「よしよし」

アリスの頭を撫《な》でたリリスは、俺に向き直った。

「もう一度言うけど、あなたの力があったから勝てたの。だから胸を張って」

優しい言葉が心に染み入るようだ。胸の芯がジンと熱くなる。

「ハルトは、十分に誇れることをしたのよ」

町の人たちは相変わらず俺たちの名前を称えるように連呼していた。

喜びの笑顔。安堵の顔。感動、興奮、驚き、そして賞賛。

ほとんどお祭り騒ぎだった。いつ果てるともなく続く喧騒《けんそう》の中で、感慨に耽《ふけ》る。

この光景は——俺がリリスたちと一緒に守ったものなんだ。


翌日、俺はいつもよりも早く目が覚めた。戦いの興奮で目が冴《さ》えてしまったのだ。

外に出ると、昇りゆく朝日が目にまぶしい。通りにはまだ、ほとんど人の姿がない。

「うーん……さて、どうするかな」

俺は大きく伸びをしながら自問自答した。

今までのことを思い起こす。

馬車に撥《は》ねられて死んでしまったこと。

女神さまに出会ってスキルを与えられたこと。

竜と戦い、リリスやアリス、サロメと出会ったこと。

そして昨日、町を守るために魔族と戦ったこと。

前回は突然竜が現れて、半ば巻きこまれたような格好だった。もちろん自分の意志もあったんだけれど。

でも今回は違う。逃げるという選択肢だってあった。

だけど俺が選んだのは戦う道だった。町の人たちを守るために、リリスたちと一緒に戦った。

もし俺が冒険者になれば、今後もこういう日々が続くんだろう。魔獣や魔族に襲われる町を、人を守り、助け、戦う日々が。

「おはよ、ハルト」

前方から歩いてきたのは、リリスだった。朝日が照らす彼女の姿は、一段と美しく見えた。

「どうして、ここに……？」

驚く俺の傍までやってくるリリス。

「えへへ、なんとなく。ハルトに会える気がして」

はにかんだように笑った彼女は、俺に顔を近づけた。

青く澄んだ瞳が、俺をまっすぐに見つめる。

「な、なんだよ」

思わず照れてしまう。

「いい顔してる」

リリスが微笑んだ。

「決意が固まった、って感じ」

言われて、ハッと気づかされる。

俺の中で、もうとっくに答えは出ていたんだ、って。

「ああ、決めたよ」

だから俺は、微笑みを返してうなずいた。

「俺は——冒険者になる」


冒険者になりたい。

家に戻って自分の決心を告げると、両親は何も反対しなかった。

俺がその道に進むことを予想していたみたいだ。危険な職業だし、もうちょっと反対されるかと思ったんだけど、拍子抜けするくらいにあっさりと、

「がんばってこい」

二人ともそれだけだった。実家に戻るときはお土産よろしく、とも言われたっけ。

いや、旅行に行くわけじゃないんだけど。

なんて思いつつも、話している最中に父さんも母さんもわずかに涙ぐんでいるように見えたので、ツッコむのはやめた。

やっぱり不安や心配はあるんだろう。それでも俺の意志を尊重してくれてるんだな。

ありがとう、父さん、母さん。


で、翌日。

俺は両親や近所の人たち、学校のみんなに別れを告げて、リリスたちと旅立った。

冒険者になるには、まずギルド本部で入会審査を受ける必要があるそうだ。

俺は彼女たちとともに、魔導馬車で本部のある王都へと向かった。

ちなみに魔導馬車っていうのは、魔法で生み出された人造魔馬《まば》が引っ張る馬車のことだ。普通の馬車に比べて速度は段違いだし、休息もほとんど必要としない。また車体部分にも最先端の魔法技術がふんだんに使われていて、振動がほとんどない。

料金はめちゃくちゃ高いんだけど、冒険者であるリリスたちにとっては、そこまでの金額でもないのかもしれない。

馬車の座席は四人掛けになっていて、俺とリリスが隣り合わせ、対面にはサロメ、その隣がアリスという席順である。

「おべんと、おべんと～♪」

朗らかに歌いながら、対面のサロメが昼食のサンドイッチを食べている。昼食用の弁当は両親が作ってくれたものだ。

「そういえば、ハルトくんはどうやって魔法を身につけたの？」

サロメがもぐもぐとサンドイッチを食べる合間にたずねた。

口元にマヨネーズついてるぞ、サロメ。

内心でツッコむ俺。

「私も気になります～。クラスAの魔族や竜の攻撃まで立て続けに防ぐほどの防御魔法なんて、私にもとても無理ですし」

アリスも興味深げに俺を見つめた。

えーっと、どう説明すればいいかな。

俺が困り気味に思案していると、

「ま、まあ、いいじゃない。そのことは、あまり追及しなくても」

なぜかリリスが助け船を出してくれた。

サロメが訝しむようにスッと目を細めた。

「んー……？　もしかして、ボクたちがハルトくんと話すとまずいことでも？」

「ま、まずいっていうか、あんまり詮索するものじゃないかなー、って思ったというか……ハルトの力は、その……」

もごもごと口ごもるリリス。

「わかった、ヤキモチ焼いてるんでしょ」

「や、や、焼いてないってば！」

リリスの顔はなぜか赤い。

「少なくとも気になり始めてる感じだよね」

「リリスちゃんにもとうとう春が……初恋の芽生えです～」

「二人とも、だから、あたしは、そのっ……あわわ」

あたふたしながら、リリスの顔はどんどん赤くなっていった。

それから、さらに数時間が過ぎた。

出発したのは昼前だったから、そろそろ夕方が近い。

アリスとサロメは肩を寄せ合い、すやすやと寝ていた。車体は魔法技術のおかげでほとんど揺れないんだけど、そのわずかな振動が妙に眠気を誘うんだよな。

俺もだんだんウトウトしてきた。

「……ハルト、一つ聞きたいことがあるの」

ふいにリリスが寄り添ってくる。腕に触れる柔らかな感触やさらさらした髪の質感や、かすかに吹きつける吐息にドキッとして、眠気なんて一撃で吹き飛んでしまった。

「な、なんだ？」

答える声も、つい震えてしまう。

「あなたは竜と戦ったときに突然防御魔法に目覚めた、って言ったけれど……」

あ、そういえばそんな説明をしたような気がする。俺が持っているスキルのことをどこまで話していいのか──他人に明かしてもいいのか、分からなかったからだ。

「そ、そうだな」

あいまいにうなずく俺。

リリスはさらに顔を近づけてきた。

底の見えない深い蒼《あお》。その瞳の色合いに、視線を引きこまれる。どくん、と胸が高鳴る。

「あなたの力は、もしかして魔法じゃなくて──」

むにっ、むにっ。

というか、さっきから柔らかくて弾力豊かなものが俺の二の腕に当たりまくってるんだけど。馬車のかすかな振動によって、心地よい感触が伝わってくる。

まさしく至福だ。

これじゃ、全然話に集中できない。

「もう。聞いてるの、ハルト？」

リリスがぷうっと頬を膨らませた。

「あ、悪い」

「ねえ、見て見て～」

ふいにサロメが叫び、俺たちの会話は中断された。いつの間にか起きていたらしい。

俺たちは車体の窓に視線を向ける。

彼女が指差す前方には、巨大な城壁があった。そして天を衝くようないくつもの尖塔《せんとう》も。

「あれが――」

俺の、目的の場所。

王都グランアドニスである。

※

そこには、漆黒だけが広がっていた。

すべてが黒一色で構成された城。その最上部にある壮麗な広間。

玉座には、この世界──魔界の王が座している。

「そろったか、六魔将《ろくましょう》。我が腹心たち」

魔王は朗々とした声で告げた。

足元に傅《かしず》くのは、六つの影。いずれも魔界で最強の力を持つ魔族たちである。

「我らを緊急に集めるとは何用ですか、王よ」

「人の世界で感じたのだ。かすかにだが、神の力の波動を」

魔王は重々しく告げた。

「どうやら護りの女神《イルファリア》の力のようだ。竜と魔族の気配が続けざまに消えた」

古《いにしえ》の神魔大戦で、多くの魔軍を苦しめた忌々しい女神の名だ。

「神が魔を倒すために直接力を振るうことは禁じられているはずですわ」

「人に力を与えた、ということでしょうか」

「我らへの牽制《けんせい》か、あるいは挑発か」

「どちらにせよ小賢しいこと」

「放置してはおけぬ」

騒ぐ魔将たちに、魔王が断固たる意志を込めて告げる。

「はっ」

即座に彼らは姿勢を正した。

この魔界において、王の意志は絶対である。

「王よ、私にお命じください。その者を討て、と」

立ち上がったのは六人の中でひときわ巨大な影だった。全身に黒い甲冑《かっちゅう》をまとった武人だ。

「頼めるか、ガイラスヴリムよ。我が直接魔力を使えば、魔将を人の世界に送ることもできよう。ただし、それほど長くは持たんぞ」

百年ほど前、封鎖されていた魔界と人間界の通路――『黒幻洞』がふたたび開かれた。

以来、魔族や魔獣たちは人間界との行き来が可能になったわけだが――力の強い者ほど人間界での行動に制限を受けてしまう。かつての大戦の終結時に定められた、忌々しい制約だ。

魔王に次ぐ力を持つ魔将クラスともなれば、この百年で人間界に降り立ったのは数えるほど、ほんのわずかな時間だけだった。

それでも国が二つ三つ滅びる程度の災厄はもたらしたが――。

「ご安心を、王よ。長くはかかりませぬ」

ガイラスヴリムの言葉は自信にあふれていた。

「我が剣にてすべてを打ち砕いてみせましょう」

魔将最強の攻撃力を持つと名高い彼の宣言に、魔王は満足げにうなずいた。

「では、汝《なんじ》に任せるとしよう。神の思惑がなんであれ、すべてを叩き潰せ」

「必ずや」

がちゃり、と甲冑を鳴らし、ガイラスヴリムは深々と頭を下げた。

玉座から彼を見下ろしつつ、魔王は戦略を練る。

行動は慎重にする必要がある。

忌々しいあの存在が定めた『制約』の範囲で、人の恐怖を食らい、力を蓄えるのだ。

そして、いずれは神々をも滅ぼす。

はるか古の戦いで成しえなかった魔界の悲願だった。

今度こそ魔軍に勝利をもたらすために、一手一手を確実に進めなければならない。

「刻んでくるがよい、ガイラスヴリム」

魔王が悠然と告げる。

「来たるべき神と魔の大戦の、その第一歩を」

第３章　冒険者ギルド

「ここが王都グランアドニスか」

初めて訪れた王都は想像以上に華やかだった。

さすがにこのアドニス王国の都だけのことはある。

まず通りを行き交う人や馬車の数が半端じゃない。俺の地元の十倍くらいいるんじゃないだろうか。碁盤目状に整理された通りに沿って、すごい数の豪奢《ごうしゃ》な建物が整然と並んでいる。

見ているだけで圧倒されそうな風景だった。

といっても、観光気分に浸ってばかりもいられない。目的はあくまでも冒険者になること。そのためには、まずギルドの入会審査に合格する必要がある。

冒険者ギルド。

その名の通り、世界中の冒険者を束ねる相互扶助組織だ。各地の遺跡やダンジョンの探索や調査、あるいは隊商や要人の護衛任務など、冒険者の仕事を一手に取りまとめる国際組織。

――だったのだが、百年くらい前から現れ始めた魔獣や魔族との戦いにおいて、ランク上位の冒険者はめざましい戦績を残すようになった。

魔獣や魔族は強力なものになると、一国の軍隊ですら苦戦するほどだ。多くの国は自国の軍隊の損耗を恐れたこともあり、これらの対策を冒険者ギルドに頼るようになっていった。

で、今ではこのギルドが実質的に対魔《たいま》の総本山になっている。

「うわぁぁぁぁぁぁぁぁっ……！」

突然聞こえてきた悲鳴に俺は意識を戻された。

すぐ目の前の通りを、一台の馬車が猛スピードで疾走している。

「お、おい、止まれ！　止まれぇっ！」

御者が必死で手綱を握っているけど、馬は止まるどころかさらに加速した。完全な興奮状態かつ暴走状態である。

その行く先には一人の子どもの姿がある。腰を抜かしたまま立ち上がれない様子だった。

このままじゃ轢《ひ》かれる！

周囲の人々の悲鳴が響き渡る。

「ハルト、お願い！」

「ハルトさん～！」

「分かってる」

リリスとアリスにうなずきつつ、俺は飛び出した。全力のダッシュで子どもの前に立つ。

「えっ……!?」

「心配するな。俺が守るから」

驚いたような子どもに、俺はニヤリと笑う。

直後、猛スピードで突っこんできた馬車が俺を撥《は》ねた。

――否。

その直前に俺はスキルを発動させていた。

前方に出現した極彩色の輝きが、馬車の勢いを完全に殺す。

痛みも、衝撃も、何もなく。

馬車は俺にぶつかったところで、まるで見えない壁に当たったたかのように進めなくなった。

「な、な、な……⁉」

子どもも、御者も、周囲の人々も――全員が呆気《あっけ》にとられた様子である。

リリスとアリスだけがにっこりと微笑み、うなずいていた。

きらめく光が俺の全身を覆っている。

護りの障壁《アーマーフェイズ》。

スキルをまるで鎧《よろい》のように全身にまとい、あらゆるダメージを遮断する、『絶対にダメージを受けないスキル』の基本形態だ。

もともとこのスキルに名前なんてつけていなかったんだけど、先日の戦いで別バリエーションともいうべき『不可侵領域《バリアフェイズ》』に目覚めた。スキルを発動するときにイメージしやすいよう、基本形態にも名前をつけたのだ。

馬はしばらくの間、荒い息をついて俺に何度も体当たりをしていたが、ビクともしないことに気づき、やがて鎮まった。

ぶるるる、と鼻息をつきながら、畏怖とも驚愕《きょうがく》ともつかない様子で俺を見る馬。

よしよし、と馬の首筋を軽く撫《な》でてやった。これでちょっとでも落ち着いてくれるといいけど。

「な、なんだ、今の……⁉」

「馬車に撥ねられなかったか、あいつ……⁉」

「傷一つないぞ……⁉」

周囲からは驚きとざわめきが聞こえる。

「す、すみません、急に馬が暴れ出して……」

御者が馬車から降りてきて、俺と子どもに深々と頭を下げた。

「まあ、怪我はありませんでしたし」

「あ、ありがとう、お兄ちゃん」

さっきまでへたり込んでいた子どもが立ち上がって礼を言う。ちょうどすぐ近くに母親がいたらしく、駆けていった。

「なんとお礼を言ってよいか」

「いえ、お気になさらず」

何度も頭を下げる母親に会釈し、俺はリリスとアリスの元へ戻った。


俺たちは中央区まで移動し、宿泊施設までやって来た。

二日後に行われるギルドの入会審査まで、ここに泊まる予定だった。

なんでもリリスたちが王都に来るときの定宿《じょうやど》らしい。高級に分類される宿で、代金も相応にかかる。けど、竜退治のときの報酬があるから、これくらいは問題なかった。

この間の魔族退治の報酬も、後で受け取れることになってるしな。

宿泊の手続きを終えると、俺たちはロビーの奥にあるカフェに入った。とりあえず一休みだ。

「そういえば、ギルドの入会審査ってけっこう厳しいのか？」

「冒険者は人気の職業だし、競争率はかなり高めね」

と、リリス。

「アドニスでは年間の受験者がおおよそ一万人。その中から合格するのは百人前後というところね」

「めちゃくちゃ狭き門だろ、それ⁉」

うーん、だいたい百人に一人前後の合格率か。

「入会審査は毎月行われるから、平均すると一回の審査で合格するのは七〜八人程度ね」

「ランクの高い冒険者ともなれば高給取りですから〜。みんな目の色を変えて合格を狙ってくるんですよ」

アリスが補足説明する。

「リリスもアリスもサロメもそんな審査に合格して冒険者をやってるわけか。すごいな……」

「ハルトなら大丈夫だよ。審査のメインは実戦形式の実技試験だし、あなたの防御魔法は試験官にだって打ち破れないはず」

「そうそう、リラックスしてくださいね〜」

口々に元気づけてくれる二人。うう、リリスもアリスもいい子だなぁ。

「よし、がんばってみるよ」

「審査会場はギルド会館よ。ここから歩いて十分くらいの距離ね」

リリスが説明してくれた。

「かなり近いんだな」

「定宿にしているのは、それも理由の一つよ。もちろんここの雰囲気とか食事なんかも気に入ってるんだけどね」

「そうそう、美味しいんですよ。ここの食事～」

「ね」

「ですぅ」

「あ、今日の夜は『料理長の気まぐれスパゲティ』にしよっかな。久しぶりに食べたくなっちゃった」

「私は『海の幸豪華盛りセット』に心を決めてます～」

「姉さんって、いつもそれよね」

「楽しみです」

嬉《うれ》しそうに語り出す二人。

仲いいなぁ、と見てるこっちまでほんわかする。

「審査の当日はあたしたちも応援に行くね」

リリスがにっこり笑った。

「サロメさんも一緒に来たかった、って残念がってました～」

と、これはアリス。

ちなみにサロメは王都に来る途中、別の都市で魔導馬車を降りた。前回戦ったＤイーターの討伐依頼をしてきた支部に報告に行くんだとか。

だからここには俺とリリス、アリスの三人だけだ。

二人が一緒に来てくれた理由は二つ。

まず一つは俺の付き添い。正直、俺一人じゃ心細いから、リリスたちが一緒にいてくれるのはありがたい。

そしてもう一つは、彼女の父親がここに滞在していて、会いに行くためだそうだ。

で、リリスはしばらくして、その父親の元へ向かった。

「アリスは行かなくていいのか？」

「ええ、正確には父ではなく執事に会いに行くので」

「執事？」

まるで貴族みたいだな。

「そういえば、言っていませんでしたね。私たちの父はラフィール伯爵なんです」

「って、本当に貴族のお嬢様かよ⁉」

俺は驚きつつも、心のどこかでなるほどと思う部分があった。以前に冒険者ギルドに行ったときに『父親の権威を～』とか言っていた奴らがいたからだ。

たぶんそれなりに地位の高い人が父親なんだろうな、って想像はしていた。

とはいえ、貴族の娘がどうして冒険者なんて危険な仕事をしているんだろう？

「色々と……複雑な事情がありまして」

「あ、ごめん。詮索するつもりはないんだ」

急に暗い表情になったアリスに、俺は慌てて言った。

「お気遣いありがとうございます、ハルトさん」

微笑むアリス。

「あ、そうだ。今からギルド会館まで下見に行きませんか？　審査当日に迷子になって遅刻したら大変ですし」

「なるほど、当日の審査会場だしな」

うなずく俺。

「では、私が案内しますね～」

「ありがとう、助かるよ」

「応援してますから」

アリスがほんわかとした笑顔になった。

「さあ行きましょう、ハルトさん」

俺たちは宿を出ると、大通りを歩き出した。

「さっきはすごかったですね、ハルトさん」

「ん？」

「ほら、馬車に撥ねられそうになっていた子どもを助けたじゃないですか」

大通りを進みながら、アリスがつぶらな瞳で俺を見つめる。リリスと同じ、吸いこまれそうなほど深い青色の瞳。

「私も防御系や補助系をメインに扱う魔法使いなので、ハルトさんのすごさを実感します。竜の攻撃すら完封する防御魔法を連発するなんて、私にはとても……」

「アリスだって竜の攻撃を防いでただろ？」

「あれはほとんど全魔力を使って、やっと一撃防げるかどうかというところですし」

と、アリス。

「実戦では何発、何十発と攻撃が飛んでくるので、とても竜に立ち向かうなんてできません」

「なるほど……」

「私もいつかハルトさんみたいな強力な防御魔法を軽々と操れるようになりたいです」

アリスがキラキラした目で俺を見つめた。

「すごいです。本当に。憧れます、とても……」

ストレートな褒め言葉に照れてしまう。

「あ、いえ、その憧れっていうのは、だから、えっと魔法使いとしてっていう意味で」

突然、彼女の頬が赤らんだ。

「や、やだな、いえ、その、竜や魔族に立ち向かったハルトさんを見て、素敵だなと思いましたけど、今のは本当に、ただ魔法使いとしての発言っていうか……あわわわ」

なぜか一人でテンパり始めるアリス。

会話の途中でいきなりテンパりだすのはリリスとそっくりだった。

やっぱり姉妹なんだなぁ、とほんわかする。

「あ、もしかしてあの建物かな。ギルド会館って」

「あわわわわわわわわわわわわわわわわわわわわ……」

って、まだテンパってた⁉

「あなたを見ているとどきがむねむね……いえ、むねがどきどき……いえいえ、これは魔法使いとして敬意を払っているというか、つまりその、こ、ここここ恋とかではなく……」

「お、落ち着け、アリス。深呼吸だ」

「すーはーすーはーすーはー」

俺の言葉に素直に従い、深呼吸を始めるアリス。

「えっと、スキルの発動にもだいぶ慣れてきたよ」

このままだと永遠に『あわわわわ……』を繰り返しそうな雰囲気だったので、俺は話題を変えてみた。

「実戦を二つ経験したからかな」

学校が終わってから能力テストを兼ねて練習もしてたけど、やっぱり実戦に勝る訓練なしって感じがする。

「すーはーすーはーすー……スキル？」

ようやくテンパり状態が解除されたのか、アリスが深呼吸をやめてキョトンと首をかしげた。

「ハルトさんが使っているのは防御魔法ではないのですか？」

「あ、えーっと……」

どこまで話していいんだろう。

別に秘密にしておかなくてもいいのかな。

「実は俺の力は魔法じゃなくて、女神さまから——」


どくんっ！


ふいに、胸の芯にすさまじい痛みが走った。

「ぐ……あ……ぁ……っ」

「ハルトさん……!?」


どくん、どくん、どくどくどくどくどくどくどくどくどくどくどくどくどくんっ！

心臓が異常な速さで鼓動を打っている。胸の中が破れそうな錯覚。

「はあ、はあ、はあ……」

数分ほどして、ようやくその痛みは収まった。

「大丈夫ですか……？」

「あ、ああ、平気だ」

心配そうなアリスに俺は微笑した。

なんだったんだ、今のは？

考えたところで、まさか、と直感的に思い当たる。

スキルのことを他人に話そうとしたから、激痛が走ったんじゃないだろうか。女神さまからスキルをもらった、って言おうとしたとたんに痛くなったからな。

とりあえず、スキルのことは念のために秘密にしておいた。


「着きました。ここがギルド会館です」

「すごいな。城みたいだ」

ギルド会館は想像以上に豪奢で、さっき言ったようにほとんど城である。

「で、アリスはなんで隠れてるんだ？」

なぜか物陰に引っこんでしまったアリスに訝《いぶか》る俺。

「あの、私とリリスちゃんは、あまり評判がよくないんです」

アリスは申し訳なさそうに言った。

「私と一緒にいるところを見られると、審査のときにハルトさんに対する心証が悪くなるんじゃないかと不安になりまして……」

「それって父親絡みのことか？」

あまり詮索するべきではないと思いつつも、聞いてしまった。

「ええ。私たちの父であるラフィール伯爵はアドニス王国の軍事顧問をしています。実質的には宮廷の武官たちを掌握するほどの力を持っているんです。平和だったアドニスが軍国主義に傾いたのは父のせいだ、と評判が悪くて」

俺は政治的なことには詳しくないし、地元には王都の話なんてあんまり流れてこない。ラフィール伯爵って名前も、実を言うと全然知らなかったくらいだ。

だから政情に関してどうこう言うことはしない。ただ、これだけは自信を持って言える。

「心証とか気にするなよ。少なくとも俺は、アリスもリリスも立派な冒険者だって思ってる」

「いわく、国を戦争に導く極悪人の娘。いわく、貴族の権威を利用して冒険者の入会審査を不正合格した。いわく、大した実績もないのにランクを不正に上げている――」

アリスは自嘲気味に笑った。

「リリスちゃんみたいにそういう悪評に正面から立ち向かえたらいいんですけど、私は言い返すこともできません。本当に悪評だらけで嫌われています」

「アリス……」

「一緒にいて、ハルトさんにご迷惑をおかけしたくないです」

「迷惑じゃないし、アリスもリリスもそんな悪評を受けるような人間じゃない」

俺は思わず強い口調になっていた。

「町を守るために、竜に立ち向かってくれただろ。そもそも不正をするような人間が、わざわざそんな危険な真似をするわけがない。悪評なんてしょせん実態を知らない奴が、適当に流してるだけだ」

つい言葉に熱が籠もる。

「俺はアリスたちの戦う姿勢を見て、そういう冒険者に自分もなりたい、って思ったよ」

「も、もう、あんまり褒めないでください。泣きそうになってしまいます」

言いながら、アリスの目はすでに真っ赤だった。

「慰めていただいて、ありがとうございます」

「慰めじゃないって。今のは俺の本音だ」

「ハルトさん……」

アリスの目の端からツーッと涙がひと筋流れ落ちた。

「ご、ごめんなさい。褒められるのは、慣れていないので」

「けっこう泣き虫なんだな」

微笑む俺。

「あーもうっ、リリスちゃんもよくそう言って私をからかうんですよ～」

アリスは拗《す》ねたように頬を膨らませた。

ぽかぽかと俺の胸に軽くパンチする。

「嬉しいです。そんなふうに認めてくれたのは、サロメさんくらいでしたから」

「自信持っていいんじゃないか。命懸けで格上の強敵に挑むなんて、そうそうできることじゃないだろ」

「ハルトさんにそう言われると、本当に自信が湧いてくるようです。胸が温かくなって、気持ちが癒されて」

ふうっと甘い息が吹きかかるのを感じた。ふと見ると、アリスの顔が間近にある。

「あ……」

距離が近いことに気づいたのか、アリスが顔を赤くする。

俺のほうも頬が熱くなるのを自覚していた。どきん、と胸が疼《うず》く。

「あれ、二人ともこんなところにいたの？」

そこへリリスがやって来た。慌てて体を離す俺たち。

「あたしのほうは用事が終わったから宿に戻るところだったんだけど――」

「一緒に行けなくてごめんなさい、リリスちゃん」

アリスが謝る。

「いいよ、そんな。一人で行くって言ったのはあたしだし。事務的な報告をしてきただけだから」

微笑むリリス。

「お父様は？」

「……あの人が、あたしたちのことを気に掛けるわけないじゃない」

暗い顔をするリリスに、そうですね、とため息交じりにうなずくアリス。

やっぱり複雑な家庭の事情っぽい何かがありそうだ。もちろん詮索なんてしない。

「それより、二人とも何かあった？」

「えっ」

「距離が近い。特にさっきは見つめあったりしてたでしょ」

リリスは俺とアリスをジーッと見ていた。

「あわわわわわっ」

慌てた様子で俺からさらに距離を取るアリス。またテンパりモードに逆戻りしたんだろうか。

「もしかして姉さん、ハルトのことを……？」

「な、なんでもないですってば、はわわわわわ」

リリスとアリスは意味ありげに視線を交わしつつ、沈黙した。

空気が微妙にピリピリしているっていうか、妙な雰囲気だった。


——そして二日後。

俺はいよいよギルドの入会審査に挑むことになった。

見てろ、絶対に合格して冒険者になるぞ。リリスやアリスと同じ世界に行くんだ。

「うわ、これ全員が受験者なのか……」

俺は周囲を見回して軽くため息をついた。

会場には何百人という受験者が集まっている。この中から合格するのは通常七～八人程度。狭き門である。

ギルドの入会審査の流れはこうだ。

午前中に簡単な筆記試験とギルド職員による面接。

午後から夜にかけて本職の冒険者を相手に模擬戦を三回。

それぞれで点数をつけ、一定の得点に達した者は入会を認められる――とリリスやアリスから教わっていた。

中でも重要なのは午後から行われる模擬戦だ。

筆記試験と面接は最低限の社会常識や人柄などをチェックするためのもので、ここで落ちる人間はほぼいないらしい。実質的には、模擬戦の成績で基準を満たすかどうかが、合格者と不合格者を分けるラインだという。

模擬戦の採点基準は単純だ。試験官である冒険者と五分間戦い、その内容で点数を付ける。

単に勝ち負けを見るのではなく（そもそも普通にやれば、志願者が試験官に勝つことはまずないそうだ）、あくまでも戦いの中で繰り出した技や魔法の威力、あるいは戦いの駆け引き能力などを総合的に採点するんだそうだ。

そうこうしているうちに、まずは筆記試験が始まった。内容は中等部で習うような簡単な問題がほとんどだった。

面接の方も『当ギルドを志望した理由をお聞かせください』とか『学生時代に何をされていましたか』とか型通りの質問のみ。本当に形式だけ、って雰囲気である。

何事もなく筆記と面接を終え、昼休みを挟み、午後の模擬戦の時間になった。

「さあ、ここからが本番だ」

俺は気合を入れ直した。

模擬戦はギルド会館に併設された別館の闘技場で行われる。

物理・魔法攻撃ともにダメージを軽減する特殊な結界装置が何重にも仕込まれているんだとか。装置自体はかなり大がかりな上に、外部からの衝撃には強くないから、対魔獣や魔族との実戦には使えない。だけど、こういう志願者の実力を測るための模擬戦にはもってこいの場所ってわけだ。

案内されたのは、第三闘技室だった。

「失礼します」

俺は緊張気味に部屋の扉を開けた。

「よく来たな、小僧」

試験官——胸のプレートを見ると、ダルトンさんっていうらしい——はニヤリと笑った。

筋骨隆々とした大男だ。年齢は三十過ぎぐらいだろうか。髭面《ひげづら》に三白眼で、荒くれ者っぽい外見だった。

いかにも戦士風なんだけど、右手に杖《つえ》を持っているところを見ると、どうやら魔法使いらしい。

「お前の資質を見させてもらうぞ。審査開始といこうか」

「よろしくお願いします」

一礼する俺。

「うむ、よろしくな」

ダルトンさんが礼を返す。それから手にした書類に目を通し、

「受験番号７７５番、ハルト・リーヴァ。申請には防御主体の魔法使いとあるな。じゃあ、さっそくだが、お前の防御能力をテストさせてもらう」

言って、杖を構えるダルトンさん。

「やることは単純だ。俺が今から攻撃魔法を撃つ。お前は防御魔法でそれを防ぐ」

「これって強力な攻撃を防げば、それだけ高得点なんですか？」

「ん？　まあ、そうなるが……俺はランクAの冒険者だぞ。志願者の防御魔法で防ぎきれるものじゃない」

ダルトンさんが眉を寄せた。

「結界装置があるとはいえ、絶対安全というわけじゃない。できるだけ怪我はさせたくないから、ある程度の手加減はさせてもらう」

「あの、俺は平気なので。できれば全力で来てもらえませんか？」

気遣いに感謝しつつも、俺はそう申し出た。

何せ冒険者の審査は競争率が高い。実質的に模擬戦の結果でほぼ合否が決まるみたいだから、三回とも可能な限り高い点数を取っておきたかった。

俺のアピールポイントは防御能力である。手っ取り早いのは、高火力の攻撃魔法や高威力の武器攻撃を防いでみせることだろう。

「高得点狙いなんだろうが、危険だぞ」

ダルトンさんの表情は険しい。

不快感とかじゃなく、俺のことを心配してくれてるみたいだ。強面《こわもて》だけど優しい人らしい。

「たとえ大怪我したとしても、それは俺自身の責任ですから。お願いします」

「分かった。だがお前の力をある程度見極めてからだ。模擬戦は五分やることになっているから、最初の三分は手加減して、大丈夫そうなら残り二分は全力でいく。それでいいか？」

俺はダルトンさんの提案をありがたく受け入れ、模擬戦が始まった。

三分どころか、最初の一分でダルトンさんの表情が変わった。

「お前、なんだその防御魔法は！」

彼が放った火炎を、雷撃を、旋風を――。

俺は前面に展開した極彩色の輝きでいともあっさり弾き散らす。

「通常級魔法《コモンスペル》ではビクともせんか……ならば！」

ダルトンさんは両手で杖を構え、

「上級魔法《アンコモンスペル》でいく！　気合入れて防御しないと怪我するからな！」

警告しつつ、今までよりも長い呪文の詠唱に入った。

魔法は、その威力に応じてランクが分かれている。下から順番に通常級魔法、上級魔法、そして超級魔法《レアスペル》だ。

いよいよ本気モードってわけか。俺は相手の動きを注視する。

『絶対にダメージを受けない』といっても、それはあくまでも『スキルが発動しているときは』という但し書きがつく。

発動のタイミングを失敗すれば、当然直撃する。

逆に言えば、タイミングさえ間違わなければ無敵ということでもある。

「さあ、どこまで防げる？　見せてみろ、お前の力を！　火獄炎葬《フューネラルフレイム》！」

ダルトンさんの杖から真紅の火炎が渦を巻いて飛び出した。

周囲の空間が軋《きし》み、明滅する。今までよりも強力な魔法に、結界装置が激しく反応しているみたいだ。

大気を焼きながら突き進んだ火炎は、そのまま俺に向かい――、

「弾け」

俺は余裕を持ったタイミングで念じた。

同時に、目の前に二枚の翼を広げた天使の紋様が浮かび上がる。火炎魔法は、俺が展開した護りの障壁によって簡単に吹き散らされた。

「なっ……!?」

自信を持って放ったであろう魔法を簡単に防がれたダルトンさんは、呆然《ぼうぜん》と目を見開いた。

「馬鹿な……！　今のは、俺がもっとも得意とする攻撃魔法だぞ……!?　ええいっ」

ダルトンさんはもう一度呪文を唱え始めた。

さすがにランクAの冒険者だけあって、即座にショックから立ち直ったらしい。

そこから先は魔法の乱れ撃ちだった。

火炎、雷撃、旋風、氷結。あらゆる種類の魔法が次々と俺に叩《たた》きこまれる。

とはいえ、魔法を放つ際にはなんらかの呪文や予備動作が必要だ。それを見れば、攻撃がいつ来るかというタイミングを見極められる。

相手が魔法を放つ前に、前もってスキルを発動することはたやすい。

「防げ」

ふたたび出現する極彩色の輝き。

俺の正面で無数の爆発が起こり、衝撃波が吹き荒れた。

闘技場が壊れるんじゃないかというくらいの震動が、爆光が、絶え間なく巻き起こる。もし結界装置がなかったら、この建物が倒壊するんじゃないかってくらいの攻撃エネルギーだろう。

だけど、そのすべてが徒労に終わる。

俺の護りの障壁は竜の攻撃すら完封する無敵の防壁。

ダルトンさんには悪いけど、この程度の魔法では揺らがない。揺らぐはずもない。

やがて制限時間の五分が過ぎ、模擬戦は終わった。

「はあ、はあ、はあ、はあ……」

ダルトンさんは魔法の連発で体力も魔力も使い果たしたのか、荒い息をついていた。

「な、何者なんだ、お前……⁉」

呆然と俺を見つめる。

「超級魔法クラスの防御魔法でもここまでは……！　し、信じられん」

俺としては満足の一戦だった。この反応は高得点を期待できるんじゃないかな。

「こいつは有望株だな」

ダルトンさんはようやくショックから立ち直ったのか、代わりに満面の笑みを浮かべた。

「次の模擬戦は一時間後だ。今度は、俺とは比べ物にならんくらい手ごわい相手だが、がんばれ。ギルドとしても強い戦力は一人でも多く欲しいからな。特に最近は魔獣や魔族の出現が増えてきているし」

と、ダルトンさんは俺にエールを送ってくれた。

「ありがとうございます。あの、次の試験官って？」

「ああ、お前も名前は聞いたことがあるんじゃないか？　ランクSの冒険者で『氷刃《ひょうじん》』の――」

言いかけたとき、部屋の外からうなり声のようなものが聞こえてきた。

一体なんだ……⁉

俺はダルトンさんとともに闘技室の外に出る。

「くっそぉぉぉぉぉぉぉぉっ、ふざけんな！　今日はちょっと調子が悪かっただけだ！　こんな短い時間の模擬戦で合格を決めるとか納得いかねぇぞ！」

「落ち着いて。本番で実力を発揮できるかどうかも、冒険者にとって大切な資質よ」

言い争う声が聞こえた。見れば、中年の女が若い男をなだめている。

「親からはいい加減にちゃんとしたところに就職しろってせっつかれてんだよ！　もう後がないんだ、俺はぁっ！」

どうやら男が志願者で、女は試験官らしい。

「あなたの事情は分かったけれど、試験の条件は全員同じなのよ」

男は納得がいかないという顔でなおも食い下がる。

「うるせえ！　だいたい、この結界装置とかいうのが悪いんだ！　感覚が狂って魔法のコントロールをミスって……おかげで実力が出せなかったじゃねえか！　何もない場所なら俺は――」

言うなり、男は手にした杖を振りまわした。

「風王撃《エルガスト》！」

詠唱と同時に突風が巻き起こる。

「きゃあっ」

不意打ちを受けて、中年女性が吹っ飛ばされた。

模擬戦で上手く戦えなくて、八つ当たりしているみたいだ。だけど、攻撃魔法まで使うなんて危険すぎる。しかも、倒れた試験官に向かって、男は杖を突きつけ第二撃を放とうとしていた。

「くそっ、くそくそくそくそくそくそがぁぁぁぁぁぁぁっ！」

完全にキレて理性を失っている状態だった。

「止めなきゃ――」

慌てて駆け出す俺。

そのすぐ側を、誰かが追い抜いていった。

「えっ……⁉」

速い！

残像が残るほどの信じられないスピードで疾走していく影。

いや、速いなんてレベルですらない。完全に人間離れした速度だった。

影はあっという間に距離を詰め、男の前に立ちはだかる。

「暴れるのはやめて」

静かに告げたのは、一人の少女だった。

年齢は俺より一つ二つ若いくらいだろうか。ショートヘアにした青い髪は光沢が強く、美しい煌《きら》めきを放っている。小柄な体にまとうのは、きらびやかな騎士鎧。

まさしく氷を連想させる美少女騎士が、冴《さ》え冴《ざ》えとした紫の瞳で男をまっすぐに見据えた。

「て、てめえは！」

「彼女の言う通り、大事な局面で実力を発揮するのも資質の一つ。実戦で『今日は調子が悪かったから』『自分には不向きなフィールドだったから』なんて言い訳は通用しない」

まるで感情がないかのような、抑揚のない声。

確かに正論ではあるけれど――。

「馬鹿にするんじゃねえっ！」

それは逆上した男に対し、火に油を注ぐ結果にしかならなかった。

「紅蓮球《ファイアボム》！」

男が火炎魔法を至近距離から放つ。

「無駄」

つぶやきとともに、少女騎士の剣が一閃《いっせん》した。

火炎は瞬時に切り裂かれ、無数の赤光の粒と化し、溶け消える。

「私の剣は物理と魔法の両属性を備えている。攻撃呪文を『斬る』ことも可能」

長剣を振り下ろした姿勢で、彼女は淡々と告げた。

「く、くそぉぉぉっ！」

男は跳び下がると、杖を手に魔法弾を放った。青く輝く光球は弧を描き、猛スピードで彼女の背後から迫る。

「それも無駄。『因子』を持つ私の動体視力と反射神経は常人の数十倍」

振り向きざまに、魔法弾を切って捨てる少女。

「あなたの放つ魔法の軌道、威力、属性、詠唱、組成、発動タイミング――私にはすべてが見えている」

「ふ、ふざけるなぁっ！」

なおも男は魔法弾を連打する。

「何度やっても同じよ」

少女騎士の剣が銀の軌跡を残し、奔《はし》る。

俺にはほとんど太刀筋すら見えなかった。

見えたのは、虚空を埋める無数の銀の煌めき。そして魔力の弾丸が次々と消滅していく光景。

一見、魔法自体を無効化しているように思えるが、違う。

信じられないほどの斬速と手数《てかず》で、言葉通りすべての魔法弾の軌道を見切り、タイミングを合わせて切断、解体しているのだ。

何十発撃っても、何百発撃っても――彼女の斬撃からは逃げられない。

「これで終わり」

次の瞬間、ひるがえった剣の切っ先が男の喉元に突きつけられていた。

「動かないで。それ以上暴れると、容赦するわけにはいかなくなるから」

少女は冷たい声で告げた。

「う……うう……」

男の方は完全に気圧《けお》されていて、かすかにうめくだけ。

「警備の人を呼ぶわ」

暴れた男はその後、警備の人に連れられていった。

「さすがだな、ルカ」

ダルトンさんが彼女――ルカさんの元に歩み寄る。

「やるべきことをやっただけ」

ルカさんは無表情に答えた。紫の瞳がダルトンさんから俺に向けられる。

「ああ、こっちは志願者のハルト・リーヴァ。お前の次の模擬戦の相手だな」

「この子が――」

すうっと彼女の瞳が細まった。

「まだ十五歳と若いが甘く見るなよ。『氷刃』の二つ名を持つルカ・アバスタ。ランクSの冒険者だ」

と、ダルトンさん。

「ハルト・リーヴァです」

「敬語はいいわ。堅苦しいのは嫌い。私のことも、ルカでもアバスタでも呼び捨てでいいから」

ルカさん――いやルカが無表情のまま言った。

ランクSってことは、最上級のランクか。外見からはとてもそうは思えないけど、実際にさっきの剣技はすさまじかった。それに身のこなしも。

しかもまだ十五歳とは。俺より二つも年下じゃないか。

「俺はさっき戦ったが、未だにこいつの底は見えない。だが、お前なら見極められるはずだ」

ダルトンさんが嬉しそうに語った。

「俺はこいつを見ていて、あの世界最高峰の防御魔法使い『金剛結界《こんごうけっかい》』のドクラティオを思い出したよ。とにかくすごい資質だ」

「助言には感謝。ただ、私は誰が相手でも全力で戦い、資質を見るだけ。やることは変わらない」

アイスブルーの髪をかき上げ、ルカは背を向ける。

「時間になったら第一闘技室へ来て。あなたの実力を見極めさせてもらうわ」

かつ、かつ、かつ、と甲高いブーツの足音を残し、ルカは颯爽《さっそう》と去っていった。

※

「今日も美味しいね～！　あ、おばちゃん、ギルガ魚のムニエルをもう一個追加で！」

サロメはご機嫌だった。

先日のクラスＡ魔族『空間食らい《Dイーター》』の討伐報告を終え、今はここアギーレシティで数日間の休暇中だ。海に近いこの町は魚料理が名物となっており、美食家の彼女としては数日といわず何週間でも滞在したいほどだった。

「そういえば、今日はギルドの入会審査の日だっけ」

遠く離れた王都で行われているその審査を思い起こす。冒険者志望のハルトが受験しているはずだった。

「今ごろがんばってるかなぁ、ハルトくん」

ふふ、と笑みがもれる。

「なんだい、嬉しそうな顔をして」

食堂の女主人がニヤニヤ顔でたずねた。

「ハルトくんっていうのは、お嬢ちゃんの彼氏かい」

「えっ、彼氏？　そういうわけじゃないけど……まあ」

ちょっとは気になる、かな。

心の中でクスリと微笑むサロメ。


――強烈な震動が襲ってきたのは、そのときだった。


「地震……？　いや、違う。これは――」

サロメの表情が変わる。

食事を楽しんでいた陽気な踊り子から、ランクAの凄腕冒険者の顔へと。

「ごめん、おばちゃん。ボク、行かなきゃいけないところができた。お金はここに置いておくねっ」

言って、サロメは席を立つ。紫色のロングヘアをなびかせ、駆けだした。

「何事なの、これは⁉」

ギルド支部に行くなり、サロメは叫んだ。

「これって、まずいやつだよね？」

入り口のところにいた職員に問いかける。

先ほどの揺れは地震などではない。魔の者が人間界に現れる際に開かれる亜空間通路『黒幻洞《サイレーガ》』

――その出現に伴う空間震だ。

「わ、分かりません、ギルドの虚無闇測盤《ヴォイドレーダー》には何も――」

青ざめた顔で答える職員。

すべてのギルドに備え付けられている虚無闇測盤――レーダーと通称されることもある――は、魔の者の出現日時や場所を予測する魔導装置だ。

『黒幻洞』は、現出する数日前から特殊な魔力波長の放出や空間振動を引き起こす。それを察知し、波長のパターンなどから魔の者の脅威度を推定し、出現予測地点に近い町には警報を出す。

通常はそういった手順なのだが、レーダーの精度の問題から、この波長を完全に捉えることはできていないのが現状である。探知をすり抜け、魔の者が突然現れるケースもしばしば起こる。

以前にハルトの町を襲ったという竜もそのケースである。

そして、今回も――。

ふいに、全身に悪寒が走った。

「――⁉」

サロメはほとんど本能的に上空を見上げる。

雲一つない青空に黒い染みのような何かが広がっていく。

やがて、空に赤黒い裂け目が現れた。

「魔の者が……来る」

体中が粟立《あわだ》ち、血の気が引いていくのが分かる。

そして、閃光《せんこう》が弾けた。ぽっかりと開いた空間の裂け目から、稲妻とともに何かが降り立った。

ギルドの中庭に。

「あいつは……⁉」

落下の衝撃で噴き上がる爆風と土くれの中でたたずむ影を、サロメは戦慄とともに見据える。

身長は三メティル近いだろうか。

騎士の全身甲冑《かっちゅう》のようなデザインをした漆黒の鎧と兜《かぶと》。手にした赤い剣は身の丈を超えるほど長大で、刀身も幅が広い。剣というよりも巨大で武骨すぎる包丁のような形だ。

「我は……ガイラスヴリム。六魔将の、一人……」

鉄が軋むような声とともに、黒騎士が告げた。

「魔王陛下の命により、この地に参じた……神の力を持つ者を殺すために」

※

俺は次の模擬戦までの間、休憩するために一階まで降りた。

「おつかれさま、ハルト」

「おつかれさまです～」

笑顔で駆け寄ってきたのは、金髪ツインテールと銀髪ショートボブの美少女コンビ。リリスとアリスだ。

「来てくれたのか、二人とも」

「午前中はギルドの用事があって見に来れなかったんだけどね。あ、これよかったら食べて」

「私もこれ、差し入れです～」

二人がそれぞれパンや果汁で作ったジュースを差し出した。

戦いの後のせいか小腹が空いていたし、助かる。

「ありがとう、二人とも」

感謝しつつ栄養補給させてもらった。

「一回目の模擬戦は終わったんでしょ。手ごたえはどう？」

「ダルトンさんって人とやったよ。結果は上々じゃないかな」

俺は一戦目の内容を二人に話した。

「すごい！　ダルトンさんってランクAの冒険者でも上位にいる人だよ」

驚きと感嘆の混じった表情になるリリス。

「そうなのか」

「火炎系の攻撃魔法を得意とする一流の魔法使いです。その攻撃を完封するなんて」

アリスも目を丸くしていた。

「感じのいい人だったよ。顔はちょっと怖いけど」

「見た目は荒くれ者って感じだからね。でも優しくて面倒見のいい性格よ」

「偏見もないですし、私たちにも公平に接してくれる数少ない冒険者です～」

評判良いな、ダルトンさん。

「次の相手はルカって女の子らしい」

そう言うと、とたんにリリスとアリスの顔がこわばった。

「えっ、ルカって――あの『氷刃』のルカ・アバスタ⁉」

「よりによって、すごい人と当たりましたね……！」

二人はチラリと俺を横目で見ると、

「ま、まあ、審査は今回だけじゃないし」

ぎこちない笑顔のリリス。

「いや、なんでいきなり慰めモードになるんだよ⁉」

「一度や二度落ちたっていいんですよ。結果が出なかったときは、私たちでせいいっぱい慰めさせていただきます～」

切なげに微笑むアリス。

「だから、なんで俺が落ちる前提なんだよ⁉」

「さすがにランクSの冒険者が相手だと……」

「審査は勝ち負けよりも内容を重視しますけど……相手が強すぎますぅ」

「そんなにすごいのか、ルカって？」

いや、確かに暴れた志願者をあっさり無力化したときの剣術はすごかったけど。

「ランクS冒険者ルカ・アバスタ。大陸でも五指に入る剣の達人よ」

リリスが説明する。

「ギルド内にたった七十七人しかいないランクSの一人ですから。とにかく、すごい人なんです〜」

ランクSってそんなに少ないのか。やっぱり選ばれた精鋭中の精鋭って感じなのかな……。

「でも、ハルトだってすごいよね。弱気なこと言っちゃったけど、あなたならランクSが相手でも何かを起こせるかも」

リリスが微笑み混じりに言って、俺の両手を握った。

「弱気なこと言っちゃってごめんね。あたし、応援してるから」

「私もですぅ……って、なんでハルトさんの手を握るんですか、リリスちゃん」

「あ、ごめん、つい……」

顔を赤くして両手を離すリリス。

柔らかくて温かな彼女の手の感触が、まだ俺の手に残っていた。

「うう、リリスちゃんだけずるい」

「じ、じゃあ、姉さんにも……ね？」

なぜか拗ねたようなアリスに、リリスが取りなす。

「ほら、ハルト」

「お、おう……？」

よく分からん流れだ、と思いつつ、俺はアリスの手を握った。

「ふふ、これでおあいこですね」

一転して満面の笑顔になるアリスと、

「むー……負けないから」

反対に不満げに唇を尖《とが》らせるリリス。

「？？？？？？？」

コロコロと変わる二人の態度に、俺は戸惑いっ放しだった。


第一闘技室に入ると、すでにルカが待っていた。

ショートヘアにした髪は『氷刃』という二つ名の通り、氷を思わせる蒼《あお》。涼しげな瞳は、神秘的な紫。いっさいの感情が読み取れない、超然とした美貌。

俺は彼女を、そして周囲を見回した。

さっきの第三闘技室と似た作りの部屋だが、壁一面にレリーフがあるところが違う。

「申請書によると、あなたが得意とするのは防御魔法となっているけど、間違いはない？」

「ああ」

本当は魔法じゃないんだけどな。

でも真実を打ち明けて、またこの前みたいな謎の痛みが出たら嫌だし。俺の力は防御魔法ってこ

とで、当分は押し通すことにしよう。

「じゃあ、まず私の剣術を見せるわ。防御するときの参考にして」

ルカは淡々とした口調で剣を抜いた。

「参考にできれば、だけど」

その言葉と同時に――彼女の姿が消えた。

「えっ⁉」

気が付いたときには、ルカは十メティルほど離れた壁際に出現していた。

一体いつの間に⁉

しかも、驚くべきはそれだけじゃない。ルカの側にある壁には、さっきまでは存在しなかったレリーフがある。

まさか今の一瞬で、彼女が壁に刻んだのか？

「この壁にあるレリーフは全部私が作ったの。志願者と対戦する前に、いつも私の動きを見せているから」

チン、と鍔鳴《つばな》りの音とともに、彼女は剣を鞘《さや》に納めた。

「結界で保護されているとはいえ、その防御を上回る威力で斬りつければ、傷つけることは可能。こうして壁にレリーフを刻むことも」

文字通り瞬きする間の出来事だ。

俺には何も見えなかった。

ルカがどうやって移動したのかも。瞬時に壁にレリーフを彫った剣の動きも。

速い――なんてものじゃない。

「人間業じゃないぞ、それ……！」

「私は、『因子』持ち。これくらいは造作もないわ」

告げるルカ。

なるほど、そういうことか。

因子。

詳しくは知らないけど、噂《うわさ》で聞いたことがある。

神や魔の血を引く者に、稀《まれ》に発現する『何か』。

そう、何かとしか言えない。

数十万、数百万人に一人という割合で発現する、祝福とも呪いとも言われるそれは、人の持つ様々な能力を飛躍的に増大させる。

ちなみに、前回の魔族との戦いでサロメも因子持ちだって言ってたな。サロメのほうはどんな種類の因子か分からないけど、ルカのそれは運動能力を強化するタイプなんだろう。

それにしたって目にも止まらぬ速さ――いや、目にも映らない速さってところか。とにかく尋常じゃないスピードだった。

「相手が志願者だからといって手加減はしない。見下しもしない。驕《おご》りもしない。ただ全力を尽くすだけ。私の、誇りにかけて」

ルカはふたたび鞘から剣を抜いた。

模擬戦は勝ち負けの結果よりも内容を重視する。実際、一戦目のダルトンさんは、最初は手加減してくれていた。

だけどルカは違う方針らしい。

最初から全力。それをある程度凌《しの》げるようでなければ、お話にもならない、と言わんばかりだ。

「ちゃんと峰打ちにするから死ぬ心配はない。怪我はするかもしれないけど、冒険者志望ならそれくらいの覚悟はしておいて」

冷然と告げるルカ。

「審査を始めましょうか」

ごくりと息を呑《の》む。

果たして俺に、彼女の剣が防げるだろうか。

俺のスキルは、常時展開することはできない。相手の攻撃に合わせて『発動』させることで、その効果を発揮する。俺が認識するよりも早く襲いかかってくるルカの剣をどう防ぐか――。

彼女の斬撃が届く前にスキルを発動すれば、俺の勝ち。

認識できずに斬られれば、俺の負けだ。

「あなたの実力を試させてもらうわ」

告げて、ルカの姿が消えた。

目に映らないほどの速度の超速移動。そして、そこからの神速の打ちこみ。

いずれも、俺の認識をはるかに超えたスピードで繰り出される攻撃だ。

だけど、その攻撃が到達するよりも早く。

眼前に、まばゆい光があふれる。

護りの障壁を発現させた俺は、視認できないルカの攻撃を待ち受ける――。

※

ルカがハルトの肩口に長剣を振り下ろそうとした瞬間、眼前に極彩色の光があふれた。

(見たことのない術式。これが彼の防御魔法ね)

構わず、そのまま剣を叩きつける。宣言通りに刃を返し、峰打ちで。

戦神竜覇剣《フォルスグリード》。

戦神の名を冠したルカの剣は、とあるダンジョンで手に入れた特別製だ。

ドワーフの名工が鍛えた逸品であり、二つの特殊効果が付与されている。

一つは物理と魔法の両属性を併せ持ち、物質だけでなく魔力エネルギーを切り裂けること。

さらにもう一つの特殊効果――さすがにそれを使うことは滅多にないが――を合わせれば、クラスSの魔獣である竜鱗《バリアスケイル》すらバターのように切り裂くことが可能だ。

まして志願者の防御魔法など紙切れ同然である。

絶対の自信を持って放った一撃は、しかし、

（硬い）

やすやすと弾き返されてしまう。

ルカは第二撃を中止し、その場から跳び下がった。

「想定より防御力が高い……」

彼に対する評価を上方修正する必要がありそうだ。

とはいえ、しょせんは魔法である。

呪文の詠唱が完成する前に、超速で斬り伏せる。

剣士が魔法使いと戦うときの鉄則通りに戦えば、どうということはない。

「因子の力をもっと引き出す」

因子とは人ならざる者――神や魔、竜などの血を引く人間に稀に発現する超常の力だ。

人を超えた力を獲得できる『因子持ち』の中には、戦乱の国を卓越した武力で救い、王にまで上り詰めた者もいれば、非道の限りを尽くして悪の化身と恐れられた者もいる。

辺境の村娘だったルカも、十歳のときに因子が発現したことで、その人生が劇的に変化した。

彼女の力を聞きつけた近隣の冒険者ギルドにスカウトされると、わずか二年で最強のランクＳに昇格した。

その後も数々の最難関ダンジョンや強大な魔の者を打ち倒し、彼女の勇名は高まる一方だ。

いずれは大陸中の者が知るような、英雄と呼ばれる存在になるのも遠くはないだろう。

だが、ルカはそんな名声には興味がなかった。すでに百度生まれ変わっても使い尽くせないほどの富を得ているが、それにも興味はない。

彼女が心を躍らせるのは、戦いだけだ。生来、感情に乏しい気質のルカだが、相手と剣を打ちあわせているときだけは気持ちがどこまでも高揚した。

普通の村娘として生きていたら、きっと一生気づかなかった。剣での戦いこそが、自分の本質なのだ、と。

（だから、今も）

彼と相対していると無性に心が躍る。

自分の斬撃を跳ね返した、強大な防御力。それに挑むことに、至福さえ感じた。

（今度こそ、あの防御を打ち破る）


『白兵』の『因子』を稼働。

滾《たぎ》る熱。

灯る炎。

発火。

紅蓮《ぐれん》の加速。

四肢増強。

神経強化。

反射強化。

速力増幅。

イメージをより明確にするために、心の中でキーワードを唱える。

額の奥が熱を孕《はら》み、火が灯る。やがて燃えさかる炎となって熱波が全身に広がっていく。

因子を活性化させる際の、ルカなりのイメージだ。

魔法を発動するために詠唱が必要なように、因子の力を引き出すには、保持者のイメージを鮮明化しなければならない。超常の『力』を顕現するためには、魔法における詠唱や因子におけるイメージの鮮明化のような『準備』が不可欠なのだ。

神でもない限り、何もない状態から『力』だけを顕現させることなどできない。

やがて、ルカのイメージは意識の隅々にまで行き渡る。広がる熱波が四肢の先にまで宿り、そして彼女の筋力、知覚、動体視力、反射神経そのすべてが——。

人の域を、超えた。

「防いでみせて、ハルト・リーヴァ」

告げてルカは床を蹴る。

次の瞬間には、まるで空間を跳躍したかのような速度でハルトに肉薄していた。

「っ……⁉」

驚いたようなハルトの顔。

眉が上がり、瞳が見開かれ、口からわずかに息がもれ、全身がこわばる。その仕草が、挙動の一つ一つが、異常なほどゆっくりと見える。

彼女の知覚が限界を超えて増大している証だった。

「あなたが反応するよりも早く斬る。詠唱は間に合わない。これで終わり」

ルカが剣を振る。

――よりも、はるかに早く、速く。

「えっ……⁉」

振り下ろした斬撃は、ハルトの前面に現れた極彩色の輝きによって弾かれた。

「また反応した……？　私の動きが見えるの？」

ルカは怪訝《けげん》な思いで目の前の少年を見つめる。

いや、違う。明らかにこちらの行動は彼の反応を凌駕《りょうが》していた。防げるはずがないのだ。

「全然見えなかったよ」

ハルトはあっけらかんと告げた。

「反応するなんて無理だ。だから、あらかじめ防壁を張っておいた。あんたが動くよりも前に」

馬鹿馬鹿しいほど単純な話だった。だがルカがそれに気づかなかったのは、ハルトに呪文を詠唱した気配がまったくなかったからだ。

（彼の術式は何かおかしい……？）

普通の魔法使いとは違う。

とはいえ、ルカにはそれを打開する手があった。

「では、あなたの負けね」

「えっ」

「魔法には持続時間というものがある。ずっと防御障壁を張り続けることは不可能」

「持続時間か。まあ、永遠に防御し続けるのはさすがに無理だな」

ハルトが苦笑する。

「さあ、構えて。私の本気の剣で今度こそあなたを打ち砕く」

「じゃあ、俺は全力で——守り抜く」

ルカはもう一度突進した。

ハルトの体はまだ極彩色の輝きに覆われている。

構わず斬撃を叩きつけた。がいん、と金属質な音とともに、あっさりとルカの剣は跳ね返される。

さらに一撃、二撃。

三撃五撃十七撃三十一撃——。

「……速いな」

一方的に斬りつけられながら、ハルトがつぶやいた。

彼は防御能力こそ異常な硬度を誇るが、それ以外に関しては素人同然だ。攻撃魔法も使う気配はないし、身のこなしも戦闘訓練を受けた者のそれとは程遠い。

何か隠し玉でもないかぎり、彼からの反撃はないと考えていいだろう。

このまま手数《てかず》で押し続ければ、やがて防御呪文の効果時間が切れる。彼がふたたび防御呪文を展開するよりも早く攻撃すれば、勝負は決まる。

六十二撃八十五撃。

百十六撃。

一分ほど斬撃を放ち続けただろうか。ハルトの体を覆う輝きがゆっくりと薄れだした。

「やっぱり、これくらいがスキルの持続時間か。前に調べた通りだ」

ハルトがつぶやく。

「自分で自分を殴ったときも、ルカに攻撃されたときも持続時間は変わらない……ってことは、攻撃の威力にかかわらずスキルの効果時間は一定、ってことかな」

スキルというのが何のことかは分からないが、呪文の効果切れは間近だろう。

刹那、

「弾け」

「くっ……!?」

ルカが斬撃を放った瞬間、すさまじい反発力とともに数メティルも弾き飛ばされた。

「これは――」

さっきまでは硬い壁に向かって剣を叩きつけていたような感触だったが、今のは違う。

ルカの斬撃と同等の力が、彼女に跳ね返ってきたのだ。今までの防壁が『攻撃を受け止める』タイプなら、今のは『攻撃を弾き、あるいは反射する』タイプといったところか。

「使い分けができるのね。だけど――」

先ほどの一撃でハルトの全身を覆う光は完全に消え失せた。

今度こそ呪文の効果切れだ。この距離なら、ハルトがふたたび呪文を唱えるよりも早く、ルカは間合いを詰めて一撃を与えることができる。

「私の勝ち」

超スピードで間合いを詰め、放った斬撃は、しかし、

「えっ⁉」

コンマ一秒足らずでふたたびハルトの全身を覆ったまばゆい輝きによって、あっさりと跳ね返される。

「詠唱が速すぎる……」

ルカは息を飲んだ。

術者の魔力の大小によっても変わるが、通常、呪文の効果が強くなればなるほど詠唱も長くなる。

しかしハルトは詠唱した気配すらなかった。先ほどと同じだ。

(並みの魔法じゃない。いえ、あるいは)

魔法ですら、ない。

一瞬頭をよぎった考えを、ルカはすぐに捨て去った。

あり得ない。

呪文もなしに事象だけを引き起こす——それは、まるで神の奇蹟《きせき》ではないか。

美しい虹のような色彩が煌《きら》めき、少年の全身を覆っている。

その輝きの前に、ルカの斬撃はまったく通用しなかった。

魔力エネルギーをも切り裂く剣、戦神竜覇剣と、因子によって引き上げた超人的な運動能力をもってしても。

「こんなにも硬い防御は初めて見たわ」

ルカは小さく息をついた。力技で彼の防御を切り裂くことは至難の業だ。

先ほどの攻防から見て、おそらく防御魔法の持続時間は一分程度。だが、効果が切れて無防備になった瞬間を狙おうとしても、ハルトは直前に防御魔法を『攻撃を反射する』タイプに切り替え、ルカを吹き飛ばしてしまうだろう。

そして、ふたたび間合いを詰める前に、次の防御魔法を発動する。

しかも彼には疲労した様子さえない。これほど強力な防御呪文を、おそらくは常識外れの高速詠唱で連発しているというのに。

破壊することも、効果時間切れのタイムラグを狙うこともできない。

これでは実質的に、無限に防御魔法を展開できるのと変わらない。

「手詰まりね。今のままでは」

攻略できる可能性があるとすれば、ただ一つ。

「解放して、あなたの力を」

ルカは自らの愛剣に呼びかける。

ヴンと機械的な音が響き、剣が中央から二つに割れた。

刀身も、柄《つか》も、半分の細さとなった二刀を、両手に一本ずつ構える。

「二刀流……⁉」

驚いたように目を見開くハルト。

「戦神竜覇剣、光双瞬滅形態《ライトニングフォーム》。これが私の剣の本当の姿。所有者のスピードを七・七四三一倍にまで引き上げる特殊効果を付与する最終殲滅《せんめつ》形態」

がしゃん、と音を立てて、ルカはまとっていた鎧を外し、床に落とした。

アンダーウェアだけになった肢体があらわになる。未成熟で控えめな胸の膨らみや腰のくびれは女性らしさを主張し、しなやかな体つきは鍛え抜かれた細身の剣を連想させた。

全力のルカに、もはや鎧は必要ない。

「本気モードってわけだ」

「私はいつでも本気。だけどこの技は特別」

ルカは二本の剣を体の正面で交差するように構えた。

「最速最強の絶技、双竜噛《グリードバイト》——これを受けられたら、私はあなたを認めるわ」

告げて、床を蹴る。一息に間合いを詰めていく。

「私を凌駕する強者《つわもの》だ、と」

そして。

今、決着のときが訪れる――。

※

俺の視界から女騎士の姿が消えた。視認できないほどの速度で突進しているんだろう。

絶技、双竜閃。

今までのどの剣よりもはるかに速く、そして強く。

次の瞬間には、ルカの最強の斬撃が叩きつけられているはずだ。

もちろん反応して防ぐことなんてできないから、俺は護りの障壁を展開したまま待ち受けた。

がいんっ、と甲高い金属音が鳴り響いた。

俺にはまったく見えないけど、ルカの斬撃が体のどこかに叩きつけられたのだ。

だけど、無駄だな。俺はすでに護りの障壁を『受け止める』タイプではなく『弾き返す』タイプに切り替えている。

さっきと同じく、ルカは自分の斬撃をそのまま浴びて吹き飛ばされる。

――否。

「見える――」

「何っ……!?」

ルカのつぶやきと、俺の驚きの声が重なった。

彼女は、今度は吹き飛ばされなかった。がいん、がいんっ、という斬撃が叩きつけられる音がまったく途切れない。

「どういうことだ――？」

訝る俺にルカが告げる。

「簡単なこと。受け止めても吹き飛ばされるから、避けているだけ」

避けているって、まさか……。

俺の『弾き飛ばす』タイプの防壁は、相手の攻撃をその威力のままに跳ね返す。

いくらルカが超一流の剣士とはいえ――いや超一流だからこそ、自分と同等の斬撃は受け切れずに吹き飛ばされてしまう。だから反射した斬撃を超反応で避け、近接した状態を保っているらしい。

斬っては反射し、反射したものを避け、また斬る。

言うのは簡単だけど、それを実行するには、一体どれほど超人的な反射神経と速力が必要なのか。

しかも、ルカの動きは一撃ごとに加速していく。その証拠に、斬撃の際に生じる金属音は、その間隔がどんどん短くなっている。

どこまでも速くなるその動きは、もはや視認できないというレベルですらなく――。

俺の眼前にまばゆい輝きが生じた。

光に、限りなく近づいたルカの動きの軌跡。人の限界などはるか彼方に置き去りにした、超々速の動き。

「そう、超絶の反応と亜光速の動きを併せ持つ剣技――それが、双竜咢」

攻撃をいくら反射しても、全部避けられてしまう。

さっきみたいにルカを吹っ飛ばして、間合いを離すことができない。

このまま効果時間が切れたら――その瞬間に、今度こそ俺は斬られるだろう。

ゾクリと背筋が粟立つ。

このスキルを身につけて以来、初めてかもしれない。いかなる攻撃も俺を傷つけられない――そんな絶対的な自信が揺らぐのは。

見れば、前方で輝く天使の紋様が、明滅していた。

そろそろスキルを発動してから一分が経つ。俺を包む防御が消え、無防備になる瞬間が訪れる。

そのとき、ルカとの間合いを保っていなければ、俺の負けだ。

「決着のときね」

動きは見えないまま、ルカの声だけが響いた。

俺にルカの剣技は認識できない。

認識したときは、すなわち俺が斬られた後だ。

「やられる――」

俺はぎりっと奥歯を噛《か》みしめ、

「――わけないだろっ」

刹那、一つの手段が閃《ひらめ》いた。

同時に、俺の眼前に浮かぶ天使の紋様が変化する。
広がった翼の数は、全部で六枚。
護りの障壁の二枚とも、不可侵領域の四枚とも違う。
そして、無数の銀光が弾けた。
「えっ……!?」
ルカの、驚きの声。
スキルの基本形態である護りの障壁にはいくつかの防御パターンがある。
相手の攻撃を『受け止める』こと。
ランダムな方向に『弾き飛ばす』こと。
あるいは、威力を分散させて『吹き散らす』こともできる。
俺は今、最後の防御パターンに特化させたスキルに切り替えたのだ。
護りの障壁とも不可侵領域とも違う、新たな形態。
反響万華鏡《カレイドスコープシフト》。

単純に彼女に向かって反射するのではなく——。
受けた攻撃を百にも、千にも、いや万にも分散し、全方位同時に放つ。いくらルカが超々速の反応と機動を誇ろうとも、あらゆる方向から同時に飛んでくる攻撃は避けられない。

回避不可能、究極の返し技《カウンター》だ。

「きゃぁっ……！」

悲鳴を上げながら、ルカは闘技室の壁に叩きつけられた。

威力を分散させているとはいえ、たぶん避けきれずに何発、あるいは何十発、何百発と受けては、凌ぎきれなかったんだろう。なおもあふれた無数の反射斬撃エネルギーは荒れ狂い、結界をものともせず壁に大穴を開ける。

きらめく光の柱となって、天空へと昇っていく。

空に、極彩色の巨大な天使の紋様が描かれた。その美しさに一瞬見とれそうになり、すぐに意識を戦いへと戻す。

「くっ……」

壁際でルカが弱々しく立ち上がった。

俺はすぐさま新たな護りの障壁を展開する。

また今の技で来たとしても、効果時間切れの直前に反響万華鏡に切り替えるだけだ。

彼女を吹っ飛ばして間合いを稼ぐ。そして、もう一度ルカが距離を詰めるまでに護りの障壁を張り直せば、スキルの効果時間が切れる際のタイムラグを狙われることはない。

「……瞬時に切り替えられるなら、何度やっても結果は同じね」

剣を構えたまま、動きを止めるルカ。

「ああ、お前の攻撃は封じた」

言い放った俺に、ルカは小さくため息をついた。

「いいえ、もう攻撃する必要はないわ」

と、二本の剣をふたたび元の一本の状態に戻し、鞘に納める。

かつ、かつ、かつ、とブーツの音を鳴らし、俺の元に歩み寄った。

「五分経過。私の剣はあなたの守りを破れなかった」

言って、ルカは――。

「あなたの勝ちよ、ハルト・リーヴァ」

初めて、俺に微笑みを見せてくれた。年相応の女の子らしい可憐《かれん》な笑顔を。

「私、ルカ・アバスタはあなたを類《たぐい》まれなる強者として認め、最上の敬意を払う」

※

サロメは戦慄とともに、ギルドの中庭にたたずむ黒騎士を見据えていた。

(六魔将って、まさか伝説にある魔王の腹心……!?)

まさか、と反射的に心中で否定する。

魔の者を統《す》べる存在――魔王。

そしてその側近にして、魔界最強を誇る六人の魔族。それが六魔将だ。

だが、それは伝説やおとぎ話の類で語られる存在である。目の前の魔族は、その名を騙《かた》っている

に過ぎないのか、あるいは――。

「伝説の魔将かどうかはともかく、並じゃないのは確かだね……」

雰囲気だけで分かる。あの魔族ガイラスヴリムから、おそろしく強大なプレッシャーが吹きつけてくるのを。

あるいは、最強のクラスS相当の力を持っているかもしれない。

だとすれば、彼女一人では手に負えない相手である。

(ギルドの他の冒険者と連携して、なんとか倒すしかないか)

腰に下げた大ぶりのナイフを抜き、油断なく身構えた。

「……人間の世界か……久方ぶり、だ……」

鉄が軋むような声とともに、黒騎士が周囲を見回す。

仮面付きの兜はその表情を完全に覆い隠していた。唯一露出した赤い瞳が異様にぎらついている。

「神の力を持つ者……どこだ……いぶり出すか……」

黒騎士は巨大な剣を右手一本で掲げた。

「同胞を殺していけば、いずれ現れるのだろう……？　人間どもは、仲間とやらを大切にする……」

沈み始めた陽光を浴びて、鉄板のように幅広の赤刃が血の色にきらめく。

「貴様らは……全員、死ね……」

吹きつける殺意に、サロメは全身をこわばらせた。

と、そのとき、

「魔族か！」

「レーダーに反応はなかったが、よりによって冒険者ギルドにやって来るとはな！」

「何が六魔将だ！　そんなハッタリでビビる俺たちだと思うなよ！」

「全員で囲め！」

中庭に十数人の冒険者たちが駆けつけてきた。見知った顔もいれば、知らない者もいる。中にはサロメと同じランクＡの冒険者もいた。

「こういう相手は俺の得意分野だ」

その冒険者が進み出る。

年齢は二十代半ばくらいか。巨軀《きょく》を覆う鉄の甲冑に、両手持ちの巨大な戦槌《ウォーハンマー》。典型的なパワーファイター型の戦士だった。

「この俺に正面から挑むか……いいだろう」

ガイラスヴリムが戦士を見据える。

「……いざ尋常に勝負」

「言われなくてもっ」

叫んで、戦士が突進する。重装甲の割にかなりのスピードだ。

十分に速度が乗ったところで、戦槌を叩きつける。

単純な、それゆえに強力な一撃。

「砕け散れぇっ！」

「……ふむ、なかなかのパワーとスピードだ」

対する魔族の黒騎士は微動だにしない。掲げたままの右手の剣を振るうことさえせず、ただ無造作に左手を突き出した。

「なっ⁉」

指一本で巨大な戦槌を止めてみせる。

「人間にしては、な」

黒騎士が巨剣を一閃する。

悲鳴を上げる暇さえなく、戦士の体は両断されて吹き飛んだ。

「あ……ああ……」

一瞬で殺された戦士の死体を前に、他の冒険者たちがいっせいに後ずさる。

「そいつに接近戦を挑んじゃ駄目！　飛び道具で攻撃して」

サロメが叫んだ。

凛《りん》としたその声に、パニック状態に陥っていた冒険者たちが我に返る。

「よ、よし、俺たちでやるぞ」

「戦士系の連中は後ろに下がれ！」

魔法使いたちがいっせいに攻撃呪文を放った。

赤、青、緑、黄色。色とりどりの魔力の光とともに、無数の魔力弾がガイラスヴリムに叩きつけられる。すさまじい閃光が弾け、衝撃波が荒れ狂う。

「……くだらぬ」

爆炎の向こうから現れた黒騎士は、まったくの無傷だった。あれだけの魔力爆撃を、意に介した様子さえない。

(何、こいつ⁉　普通の魔族とは次元が違う……⁉)

サロメは戦慄した。

まさか、本当に伝説の魔将だというのか。

「我が剣はすべてを打ち砕く……消えよ……砕けよ……滅せよ」

ガイラスヴリムは巨大な剣を片手で軽々と掲げた。血のように赤い刃が沈みかけた陽光を浴びて、鈍くきらめく。

「まずい――」

サロメは血の気が引くのを感じた。

「みんな、逃げて！」

叫びつつ、彼女自身も全速でその場を離脱する。

直後、魔族の剣が一閃した。

巨剣が描く真紅の軌跡が、周囲のすべてを薙《な》ぎ払《はら》う――。

一瞬、意識を失っていたらしい。

気が付くと、サロメは瓦礫《がれき》の中に倒れ伏していた。

「随分と派手にやってくれるね……」

弱々しく体を起こす。目の前がかすみ、よく見えなかった。

「ごほっ、ごほっ」

内臓のどこかを傷めたらしく、口から血の塊がこぼれる。

（あの一瞬じゃ因子の力を使えなかったからね。よく生きてたよ、ボク）

心の中で苦笑した。

脚力や感知能力を増大させる『隠密《おんみつ》』の『因子』を持つサロメだが、あの一瞬で力を引き出すことなど不可能である。因子を活性化させるためには、そのためのイメージの鮮明化という作業が不可欠だからだ。

それでも優れた身体能力を持つサロメだからこそ、なんとか建物の陰までたどり着くことができた。

まさに間一髪。

直後にガイラスヴリムが斬撃を放ったらしく、すさまじい衝撃波が吹き荒れた。そして、気が付けばこの有り様というわけだ。ギルドの建物が盾になり、かろうじて致命傷は避けられたらしい。

他の者たちは無事だろうか。

かすむ視界が徐々に回復し、サロメは周囲の状況を知る。

「あ……ああ……」

そして、呆然とうめいた。

アギーレシティは、壊滅していた。

見渡すかぎりの瓦礫の山が町の端まで続いている。

信じられなかった。

魔族の、たった一振りの斬撃で。

建物という建物が倒壊し、道という道が切り裂かれ、破壊され、陥没していた。

まともな建造物は一つも残っていない。あちこちから無数の怨嗟《えんさ》と苦鳴が聞こえてくる。

今の攻撃に巻きこまれ、生き残った者が果たして何人いるか……。

文字通りの地獄絵図だ。脳裏に、ここ数日で仲良くなった食堂の女主人の顔が浮かぶ。

「おばちゃん……」

サロメは全身が崩れ落ちそうな絶望と虚無感を覚えた。

町を破壊した魔族は、数百メティル前方で悠然とたたずんでいる。サロメの存在には気づいていないのだろう。いや、そもそも人間など眼中にもないのかもしれない。

「ガイラス……ヴリム……！」

許せない。殺す。

相手が魔将だろうと関係ない。存在そのものを抹消してやる——。

陽気な少女の顔は姿を隠し、ドス黒い殺意に染まった暗殺者としての彼女が代わって現れる。

（あいつは強い。本当に魔将なのかもしれない。だけど、ボクには『アレ』がある）

切り札たるあの技を使えば、万に一つの勝機があるかもしれない。

傷だらけの体で弱々しく立ち上がる。

「ぐっ……ぅぅ……」

右足に激痛が走った。怒りやショックで痛みすら忘れていたが、先ほどの一撃で折れていたらしい。さすがに、これでは『切り札』を使うことができない。

（おばちゃん、ごめん。仇《かたき》を討つのはもう少し待って）

強烈な怒気と殺意が心の中で荒れ狂っていても、現状を理解し、冷静に判断する力がサロメにはある。

（いずれ必ず。あいつはボクが……）

サロメは心の中でうめく。

（私が、必ず殺す）

強く嚙みしめた唇の端から、赤い血の雫《しずく》がしたたり落ちた。

※

「護りの女神《イルファリア》の力の気配……どこだ……」

六魔将ガイラスヴリムは何かを捜すように辺りを見回していた。

と、そのときだった。

突然、前方の空に極彩色の光の柱が立ち上る。

天空まで伸びた光は、翼を広げた天使を思わせる紋様を描き出した。

護りを司る女神イルファリア。

その姿を象徴するかのような、紋様を。

「見つけたぞ……そこか、神の力を持つ者……！」

黒い魔族の武人が歩き出した。光の柱が立ち上る方角に向かって。

体にまとった甲冑からパリッと小さな火花が散る。

与えられた時間は、それほど多くはない。

とはいえ、数日は持つだろう。焦るほどではない。

「待っていろ……このガイラスヴリムが貴様を打ち砕く……魔王陛下の命《めい》によって……」

第4章　六魔将ガイラスヴリム

突然現れた魔族によって国内の都市が次々と壊滅している――。

魔導通信による速報を受け、アドニス王城の最奥で緊急対策会議が行われていた。

(アギーレシティに出現した魔族は、同都市及び近隣の都市三つを壊滅させた、か)

出席者の一人、ベネディクト・ラフィール伯爵は、先ほど受けた報告を頭の中で繰り返した。

当年とって四十五歳。

鋭いまなざしに豊かな口ひげ、精力にあふれた偉丈夫である。

ラフィールは国内外に広い人脈を持ち、宮廷内で確固たる地位を築いていた。特に、軍事面にもそのまま転用できる魔法研究関連では、彼自身が多大な支援をしていることもあり、成果のほとんどを掌握している。

その関係で、実質的にアドニスの兵力編成のアドバイザーのような役割を担っていた。王は軍事に関して熱心ではなく、実質的にラフィールに一任されている状態だ。

今回の魔族対策も、彼が全面的に音頭を取る格好になるだろう。

「魔族は王都を目指しているということですが……」

たずねたのは内務大臣であり、ラフィールの政敵でもあるロイドだ。

脂ぎった顔つきに禿頭《とくとう》をした五十過ぎの小男だった。

「移動手段は歩行。飛行能力や空間移動のような魔法は確認されていない。このまま直進した場合、王都までの到達予想日数はおおよそ三日と推定される、とのことです」

ラフィールが報告書を読み上げる。

「まさしく国家存亡の危機ですな」

小さく鼻を鳴らし、出席者を見回す。

一様に青ざめた顔、顔、顔。残念ながら覇気のある態度を見せる者は一人もいなかった。

「三日……」

「それまでに避難すべきですかな……」

「ですが、国の中心にいる我らが真っ先に逃げるというのは体面が……」

対策会議のはずが、大半の出席者は逃げることや保身の相談しかしていない。

ラフィールは内心でため息をついた。

とはいえ、彼らが怖気《おじけ》づくのも無理はないかもしれない。何しろ、王都に向かっている魔族は並ではない。報告によれば、自らを六魔将ガイラスヴリムと呼称したらしい。

（六魔将――まさか、伝説にある魔王の六人の腹心か）

一般的にはおとぎ話の類《たぐい》だと思われているが、実は違う。

『魔将』を名乗る高位魔族は、ここ百年ほどで何度か現れているのだ。まさに人知を超えた力を振るい、いくつもの国が滅ぼされた。彼らは数日で魔界に帰っていったが、もしもそのまま世界に留まっていたら、人間の社会などすでに存在していなかっただろう。

それほどの——圧倒的な脅威。

ただ、相手が魔将と名乗っているだけで、本当かどうかは分からない。

それに、この百年で戦闘用の魔法技術は飛躍的に進歩した。超常の力を持つ『因子持ち』の数も増えた。戦力という面では、そのころと今では比べるべくもない。

（それでも、魔将が圧倒的であることに変わりはない。少なくともギルドやいくつもの都市が瞬時に滅ぼされるほどには）

最強のランクS冒険者ですら立ち向かうことは困難だろう。

恥も外聞もなく、なりふり構わず近隣諸国やギルドに可能な限りの援軍を要請するか。あるいは自前の戦力をぶつけたうえで、判断するか。

現状の危機と、それを凌《しの》いだ後の他国やギルドとの関係を考慮し、ラフィールは後者を選択した。

「こちらの戦力を集中し、最大兵力で一気に殲滅《せんめつ》します。仮に相手が本当に魔将だったとしても、百年前と今では人間の戦力のレベルが違います。王都防衛は十分に可能でしょう」

ラフィールがそう提案したところ、大きな異議を唱えるものはいなかった。

ロイド辺りは噛《か》みついてくるかと思ったが、幸いにも賛成してくれた。さすがに王都が襲われるかもしれない、となれば内輪もめしている場合ではないと考えているようだ。

「進路上に防衛線を張りましょう。場所はクアドラ峡谷がよいかと。魔族が現在地から直進している以上、王都に行くには必ずここを通りますからな。部隊を二つに分けて前後から挟み撃ちにすることも可能です」

ラフィールは集まった大臣たちに説明する。

「王立騎士団に部隊の選抜を急がせてください。それから冒険者ギルドにも出動依頼を。当然、ランクSを中心にです」

側に控える男に、手早く指示を出した。

「承知しました、ラフィール伯爵」

彼は軍務大臣であり、本来なら軍の責任者たる立場なのだが、まるでラフィールの部下のようだ。

魔族の目標が末端の都市ならば冒険者に任せておくが、さすがに王都を直接攻撃されるかもしれないとなれば、軍を使う必要があった。

「先ほどギルドに打診しましたが、現状で召集可能なランクS冒険者は『氷刃《ひょうじん》』のルカ・アバスタと『金剛結界《こんごうけっかい》』のドクラティオ・フォレだけだそうです」

「二人だけですか。他のランクSは呼べないのですな？」

「いずれも他国や他の大陸に……三日では間に合いません」

軍務大臣が申し訳なさそうに頭を下げる。

どのみち、冒険者ギルドが貴重な戦力であるランクSをそう何人も寄越してくれるはずがないか、とラフィールは内心で苦笑した。

冒険者ギルドは何かにつけ、こちらに恩を売ろうとする。とにかく冒険者の派遣にもいちいち勿体《もっ》体《たい》ぶるのだ。特にここ数年はその傾向が大きい。大国に対して、自分たちの組織の優位性を誇示せんとばかりに。

（いや、勿体ぶっているのはこちらも同じか）

自国の兵の損耗を少しでも抑えたい。そのために、魔の者を討伐するときは、特定の国に属さない勢力――冒険者を使う。彼らがどれだけ死のうと、自国の軍事力には何の痛手もない。

そんなこちらの考えを、ギルドも見抜いているのだろう。

「ではその二人に要請を。報酬はギルドの言い値で構いません」

ラフィールが告げた。

「王立騎士団で魔族迎撃部隊の編成が終わり次第、ルカ、ドクラティオの両名と合流。設定した防衛ラインにて魔族を迎え撃ちましょう」


会議が終わり、ラフィールは一息ついた。

（さて、大変なのはこれからだ）

かつてないほどの強大な魔族の襲来――。

これを抑えれば、軍事部門の助言者たる自分の地位と名声はさらに上がる。

だが失敗すれば、権勢は地に落ち、あるいは国そのものが滅亡することさえあり得る。

（手は打てるだけ打っておきたいところだが……）

そういえば、王都に娘が来ている、と執事から報告があったことを思い出す。

アリスとリリス。気まぐれと戯れから一夜の伽《とぎ》をさせた屋敷のメイドが孕《はら》み、産まれた双子だ。

魔法の才能を持っており、物好きにも二人そろって冒険者になった。

ギルドとのパイプでもできればと思ったが、ランクBでくすぶっていると聞き、すぐに興味をなくしてしまったものだ。せめてランクSとまではいかなくても、ランクAくらいにはなってもらわないと――。

使えぬ娘たちだ、と内心で唾棄する。

（いや、待てよ）

ラフィールは口の端をわずかに吊《つ》り上《あ》げた。

娘二人を魔族との戦線に加えれば、あるいは功績として認められるのではないか。

もちろん彼女たちの力で今回の魔族を倒すことなどできないだろう。だが、戦力の一端としてその場にいた、ということはそれだけでも功績になり得る。

仮に力及ばず殺されたところで、しょせんは妾《めかけ》に産ませた子。ラフィールにとってはさしたる痛手ではない。

逆に功績を認められ、ランクAにでも昇格できれば、彼女たちのギルド内での立場も上がるだろう。将来的に冒険者ギルドとのパイプを作るのに役立つ可能性も出てくる。

（上手くいけばもうけもの、程度だな）

ラフィールは小さく笑った。その瞳は、今ではなくはるか先を見据えていた。

これからアドニスはもっと大きくなり、豊かに栄えていく。魔族などというイレギュラーな存在に破壊されるわけにはいかない。

（そして――強大化したアドニスを牛耳るのは、すでに覇気を失った王などではない。この私だ）

※

「そ、そんな……ダメージすらないなんて」

試験官の男は呆然《ぼうぜん》とした顔で俺を見つめた。

ルカとの戦いから三時間後、最後の模擬戦が行われた。

試験官は召喚士《サモナー》ということで、モンスターや精霊を矢継ぎ早に召喚しては俺に攻撃を仕掛けてきた。

モンスターによる牙や爪などの物理攻撃。精霊が放つ炎や雷などの魔法攻撃。

そのいずれもが、俺の展開した護りの障壁《アーマーフェイズ》の前に弾き返され、吹き散らされていく。

俺は悠然と相手の攻撃を見守った。

絶対にダメージを受けないという自信で、気持ちにも余裕がある。周囲に弾ける色とりどりの爆光を眺めながら、俺は今までの戦いで新たに判明したスキルについて、頭の中で整理していた。

竜との戦いの後、俺は自分のスキルについて調べられる範囲で調べた。

スキルの持続時間もその一つだ。

といっても、『絶対にダメージを受けないスキル』について調べるには、基本的に自分に対して攻撃する必要がある。

平日は学校の授業もあるし、放課後だけで大がかりな装置を作れるわけでもない。

主に自分で自分を殴ったり、簡単な振り子に石や木の枝をくくりつけて自分を攻撃してみたりという方法を取っていた。あとは高い場所から飛び降りたり、とかもあるけれど。

で、持続時間に関してはだいたい一分という結果が出ていた。

ただ、疑問点も残った。

たとえば、スキルによって防げるダメージ量が決まっていると仮定して、一のダメージを受け続けても効果は一分間持続するけど、十のダメージならその十分の一――六秒しか持たないのか。

あるいはどんなダメージでも等しく一分は持続するのか。

この辺は、自分一人ではなかなか調べづらい項目だ。だけどルカとの戦いで『どうやらダメージ量に関係なく、俺のスキルの持続時間はおおむね一分らしい』と判明した。

他にも分かったことはある。

基本形態である護りの障壁は、いつでも他の形態――不可侵領域《バリアフェイズ》や反響万華鏡《カレイドスコープシフト》に切り替えられること。

そしてスキルの持続時間は、他の形態に切り替えてもリセットはされないことも確認できた。

ルカとの戦いでは護りの障壁を一分近く展開した後に、反響万華鏡に切り替えたところ、すぐに持続限界時間に達してしまったのだ。

「五分経ったか。ここまでだな」

などと考えているうちに、試験官がため息交じりに攻撃をやめた。どうやら模擬戦の時間が終わったらしい。

これで三戦すべてが終了し、後は結果を待つだけである。

俺にとってはスキルの実地テストって意味でも有意義な模擬戦だった。

さて、俺の点数はどれくらいだったんだろうか。三人の試験官の攻撃を完封したんだし、それなりに高得点なんじゃないかと期待している。

一発合格、といけばいいんだけど。


「終わった終わったー」

俺は晴れやかな気分で一階のロビーに戻った。後は結果を待つだけだ。

緊張と不安、期待と興奮。結果が出るまでの、独特の胸の高鳴りで落ち着かない気分だった。

「あ、ハルト。今日は一日おつかれさま」

「おつかれさまです～」

リリスとアリスが俺の元に駆け寄ってきた。

「二人ともずっと待っててくれたのか」

俺の顔は自然とほころんでいた。

二人の顔を見ているだけで、今までの緊張が全部吹き飛んでいく。

「ハルトが気になって」

リリスがにっこりと微笑んだ。

「気になって、って……そ、それはほとんど告白と同義ですよ⁉」

隣で、アリスがうろたえていた。

「リリスちゃん大胆です～」

いや、告白って。それは飛躍しすぎだろ。

「あ、ち、ちがっ……そそそういう意味じゃなくて、審査の結果が気になって、って言いたかったのっ」

なぜかリリスは真っ赤になっていた。

「照れなくてもいいと思いますよ。最近は女性の方から積極的に告白してもおーけーな風潮になりつつある、って聞きました～」

嬉《うれ》しそうに微笑むアリス。

「だ、だから、違うってば、もう姉さんってばっ」

「反応が素直で可愛いですね～」

「じ、じゃあ、姉さんこそどうなのよ。この間、ハルトと二人でいて、ちょっといい雰囲気になったりとかしたんじゃない？」

なぜかジト目になるリリス。

「な、なななななな何を言い出すんですかっ⁉　わた、私は、別に、そんなっ……あわわわわわ……」

今度はアリスが真っ赤になった。

さっきから、なんで二人ともテンパってるんだ？

「もう、姉さんこそ素直になったら？」

「だ、だから違うんですってば～」

きゃいきゃいと騒ぐ二人が、なんとも可愛らしい。見てるだけで癒される。

「残念だけど、審査結果の発表は延期になったわ」

淡々とした口調とともに現れたのは、騎士鎧《きしよろい》を身に着けた青髪の美少女――ルカだった。

「延期？」

「あ、あなたは」

訝《いぶか》る俺の隣でリリスが息を飲んだ。

「まさか、ランクＳの――」

「氷刃のルカさん……っ！　は、はじめましてぇ……」

緊張した面持ちのリリスとアリス。

「敬語は苦手だから普通に話して。呼ぶときもルカでもアバスタでも好きなように」

そっけなく告げるルカ。

「この人たちはハルトの友だち？」

「ああ、付き添いで来てもらったんだ」

俺はルカにリリスたちのことを紹介する。

「……いつの間に仲良くなったの？」

リリスが俺をジトッと見た。

「ルカさん……じゃなかった、ルカと」

「仲良くなったっていうか、模擬戦で戦っただけなんだけど」

「私はすべての強者《つわもの》に敬意を払う。それだけ」

青いショートヘアを右手でかき上げながら、ルカが無表情に告げた。

「強者……じゃあ、ルカさんはハルトさんのことを認めてらっしゃるんですねっ」

アリスが嬉しそうに微笑む。

「さっきも言ったでしょう。敬語は苦手」

ルカは紫色の瞳をスッと細めて彼女を見た。

「すみません。私はこの話し方が普通で～」

「そう？　じゃあ、そのままでいいわ」

よく分からん基準だが、ルカは納得したらしい。

「でも、敬語は苦手なんですよね？　うーん……せめて親しみをこめた感じでルカちゃんと呼んでもいいでしょうか」

「ルカちゃん……」

つぶやいたルカが頬をわずかに赤らめた。

「いいかも……すごく」

よく見ると、口元がかすかに緩んでいる。無表情がデフォの子だから分かりづらいけど、どうやら喜んでいるらしい。

「それで、審査発表が延期っていうのは？」

彼女たちのやり取りにほっこりしつつ、俺は話題を戻した。

「強力な魔族が現れたの。討伐のためにここのギルドも臨戦態勢。審査をしている余力はないということよ」

「強力な魔族……？」

「アギーレシティに現れた魔族が同都市を壊滅させ、さらに近隣の都市も次々と破壊しながら王都に向かっているそうよ」

無表情に告げるルカ。

「相手の脅威評価は推定でランクＳ。各都市のギルドにいる冒険者たちはほとんど皆殺しにされているそうよ。町の住民もね」

「み、皆殺し……」

俺はごくりと息を飲んだ。

「このままでは王都も滅びるでしょうね」

「他人事みたいに言ってるけど、めちゃくちゃ大事《おおごと》じゃないか⁉」

「これでも焦っているのよ」

「いやいやいや、表情一緒だろ」

ツッコむ俺。

「あ、眉の角度が微妙に違いますね、ルカちゃん」

「アリス、鋭い」

「えへ、それほどでも～」

ルカの言葉に、アリスが照れたようにはにかむ。

美少女二人の微笑ましい情景――じゃなくって！

「とにかく大変な事態なんだろ。ルカも出動するのか」

「ランクSは私とドクラティオに出動要請がかかっているわ。間もなく迎撃用の人員がここに集まるから――」

「ボクにも……行かせて」

突然の声は背後からだった。

振り返ると、そこには紫のロングヘアに踊り子衣装の美少女が立っていた。

立っていた、といっても苦しげな顔で、壁に寄りかかっている状況だ。しかも衣装のあちこちは擦り切れ、露出した肌のあちこちに血がにじんでいる。

「サロメ……!?」

「ひどい目に……あっちゃった……」

サロメの顔は蒼白《そうはく》だった。おまけに右足を引きずっている。

「それ、折れてるじゃないですか！　私が治癒魔法をかけます」

アリスが慌てた様子で駆け寄った。

「風王治癒《エルヒール》」

かざした手から薄緑色の光があふれ、サロメの顔にみるみる血色が戻っていく。

「ありがと。楽になったよ」

ほどなくして、サロメは息をついた。

「もしかして、アギーレシティで魔族に襲われたの？　確かＤイーター討伐の依頼って、そこのギルドから出たんでしょ」

と、心配そうなリリス。

「そ。ボクはなんとか助かったけど、町は全滅……ひどいものだったよ」

サロメはため息をついた。


アギーレシティに魔族討伐報告をした後、サロメはそこに滞在していたそうだ。

で、数時間前に突然現れた魔族ガイラスヴリムによって町は壊滅した。サロメだけは、かろうじてその攻撃から逃げ延びたということだった。

「ちょうどアギーレと近くの町との定期馬車が通ったからね。乗せてもらって、王都まで……ん、く」

まだ痛みが残っているのか、説明しながらサロメは顔をしかめた。

「大変なことになったな」

筋骨隆々とした大男の魔法使いがやって来た。

最初の模擬戦で俺と戦った試験官――ダルトンさんだ。

「ルカ、お前にギルドから招集命令が出ているのは知っているな？　今回の相手は並じゃない。助手もできるだけ連れて行ったほうがいいだろう」

「ではダルトンにお願いするわ。他にもランクAで動ける冒険者がいたら声をかけて」

「じゃあ、ボクも行く」

サロメが即座に手を挙げた。

「ランクAだから助手の資格はあるよね？」

「あの、俺は――」

「今回の魔族は暫定でクラスSの脅威評価。対応できるのはランクSの冒険者と助手扱いのランクAの冒険者だけ。まだ冒険者にもなっていないハルトは作戦への参加資格がないわ」

俺も戦力になれるなら、と思って立候補しようとしたところで、ルカに止められた。

「あれ？　でも俺、この間の魔族との戦いで、サロメに協力を依頼されて――」

「あわわわわわわわ」

Dイーターとの戦いに参加したんだけど――と言いかけたところで、いきなりサロメが抱きついてきた。

柔らかな体が密着してドキッとする。特に胸元に当たっている豊かな膨らみは、蕩《とろ》けそうな柔らかさと瑞々《みずみず》しい弾力に満ちていて――押しつけられているだけで、ドギマギしてくる。

まずいぞ、下半身に熱い血潮がたぎる。

あ、いやいや、今はそんなこと考えてる場合じゃなかった。でも、気持ちい――。

「この間、ハルトくんが一緒に戦ってくれたことは内緒だから」

「へっ？」

「竜と戦ったときは『巻きこまれたから』って言いわけが通ったみたいだけど、Ｄイーターの場合はボクが依頼したからね。ギルドにバレたら大事なの」

「……規則違反だったのか、あれ」

「冒険者でもない一般人に依頼するのは、ホントはけっこうマズいんだよね……アリスとリリスから竜と戦ったときの話を聞いていたから、ハルトくんなら戦力的に大丈夫とは思ったんだけど。規則としては、ね」

　ぺろり、と舌を出すサロメ。

「ボクの立場も悪くなるし、お願い。何でも言うこと聞くから。ね？」

「な、なんでも？」

　ふうっと甘い息を吹きかけられて、背筋が粟立《あわだ》った。思わず彼女の豊かな胸の盛り上がりに視線を向けてしまう。

　サロメが瞳を爛々《らんらん》と輝かせた。

「あ、エッチなこと考えた？　ねえ、考えた？」

「か、かかか考えてねーよ!?」

　……考えたけど。

ともあれ、魔族ガイラスヴリムを迎撃するメンバーは、ルカとサロメ、ダルトンさん、他に数名のランクA冒険者が選ばれた。

迎撃予定地点で、ランクS冒険者のドクラティオって人と合流するそうだ。

「これが選抜チームよ。各自が役割を果たして魔族を迎撃すること」

と、ルカがメンバーを見回す。

「当然」

「全員、気を引き締めろ」

サロメやダルトンさん、その他の冒険者たちが全員うなずく。

そして、ルカたちは出発した。

俺はそれを見送りながら、胸のざわめきを抑えられなかった。

嫌な予感がする。やっぱりついて行った方がいいんだろうか。

だけど、ルカたちは強い。それに魔の者との戦いじゃ、俺よりもずっと経験を積んでいるはずだ。

いわば百戦錬磨。信じて待つしかないか——。

※

切り立った崖に左右を挟まれたクアドラ峡谷。

そのちょうど中間地点でルカたちは魔将を待ち受けていた。

両隣には、彼女と同じランクSの冒険者ドクラティオやランクAのダルトンの姿もある。その背後には王立騎士団から選抜された精鋭一千の軍勢が控えていた。

さらに別働隊として、サロメや数名のランクA冒険者と騎士団や魔法使いたちを合わせた五百の軍勢が、峡谷を回りこんでいる。

サロメたちは峡谷の反対側で待機し、目標である魔族が迎撃地点まで到達したところで挟み撃ちにする――作戦はいたってシンプルだ。

「伝説の六魔将、か。はてさて、どの程度のものやら」

飄々《ひょうひょう》とした口調でつぶやいたのは、ドクラティオだった。

年齢は三十代前半。細面に丸縁の眼鏡、魔法使いというより学者のような外見をした男だ。

強大な魔力を持ち、特に防御系統の魔法に関しては当代随一と誉れ高い。『金剛結界』の二つ名を持つ所以である。町一つを壊滅させるほどの攻撃力を持つガイラスヴリムとの戦いにおいては、これ以上頼もしい味方はなかった。

そして、翌日の正午。

「来たぞ、あれだ！」

ダルトンが叫んだ。

まっすぐに伸びる狭い峡谷の前方から黒い影が歩いてくる。

「六魔将ガイラスヴリム……」

ルカは表情を引き締め、愛用の長剣『戦神竜覇剣《フォルスグリード》』を抜いた。

同時に精神集中に入る。

彼女は因子持ち――人ならざる存在の血を受け継ぎ、人を超えた力を発揮できる特殊能力者だ。

『白兵』の『因子』を稼働。

滾《たぎ》る熱。

灯る炎――。


イメージを鮮明化させるためのキーワードを心中で唱え、因子を活性化させていく。

ドクラティオとダルトンもそれぞれ呪文詠唱を始めていた。その後ろで騎士団がいっせいに槍《やり》や弓を構える。

「まだ。もう少し引きつけて」

ルカは精神集中を続けつつ、一方で魔族への動きにも注意を払っていた。

片手を上げて、騎士団の動きを制する。

ガイラスヴリムはまるで散歩でもするかのように悠然と歩いている。相対距離を正確に測り、ルカは上げた手を振り下ろした。

「今よ。総員、放て」

「火獄炎葬《フューネラルフレイム》！」

ダルトンが杖《つえ》を掲げて火炎魔法を撃つ。騎士団が投げ槍を、矢を、いっせいに放つ。

それらはまさしく雨となり、黒き魔将に降り注いだ。

轟音《ごうおん》と爆音。爆炎と衝撃波。

クラスA程度の魔の者なら跡形もなく消滅するレベルの攻撃だ。

しかし、

「歓迎の挨拶にしては……あまりに弱いな……」

物理と魔法、両面からの一斉集中爆撃を受けてなお、ガイラスヴリムは平然と歩いてくる。身にまとった漆黒の騎士甲冑《かっちゅう》には傷一つ、焦げ目一つなかった。

「待ち伏せか……」

二十メティルほどの距離を置いて、ガイラスヴリムは歩みを止める。

「そういうことだよ。君を王都には近づけさせない」

ドクラティオが眼鏡のブリッジ部を指先で上げながら、敢然と告げた。

「自信があるようだな……強者と戦うことは我が喜び……」

つぶやくガイラスヴリム。

「貴様が強者であることを願う……まずは、三割程度だ……」

右手に持った赤い巨剣を振り上げた。刀身の幅が異様に広く、剣というよりは鉄板に柄《つか》を接合したような形状だ。

「一振りで町を壊滅させるという斬撃か……だが、私を舐《な》めてもらっては困るな」

ドクラティオは静かに告げると、手にした杖を一振りした。

「金色天鋼殻《ヘヴンズシェル》！」

彼を中心にして黄金に輝く光のドームが出現する。ドームはみるみる広がり、味方全員を包みこんだ。

次の瞬間、黒騎士が剣を振り下ろす。

斬撃衝撃波がドクラティオの結界魔法に衝突し、爆音を響かせた。

吹き荒れる、破壊エネルギー。左右の崖が削り取られ、無数の岩塊が雨のように降り注ぐ。

「ぐうっ、さすがに……重いっ……！」

ドクラティオは杖を突き出した姿勢でうめいた。

光のドームが激しく明滅する。魔族の斬撃衝撃波と、ドクラティオの結界エネルギーがせめぎ合っているのだ。

さながら一流の剣士同士の鍔迫《つばぜ》り合《あ》いのごとく。

互いに、押す。全力で、押しあう。

押し負ければ、衝撃波に全員が飲みこまれるだろう。

「くおおおおおおおっ！」

ドクラティオが吠《ほ》えた。ひときわまぶしく輝いた光のドームが衝撃波を吹き散らす。

「ほう……しのいだか」

ガイラスヴリムの声の響きがわずかに変わった。

「人間の中にも……多少は使える者がいるらしいな……」

その声には、歓喜の色がにじんでいる。

「防御魔法なら私は世界最高峰だと自負している。『金剛結界』の二つ名、伊達《だて》ではない」

ドクラティオは眼鏡のブリッジ部を指先で上げながら微笑した。なおも防御フィールドを張ったまま、ルカの方を向く。

「奴の斬撃は私が防ぐ。攻撃面は君に任せるぞ、ルカくん」

「分かったわ。因子の力を今――」

ルカはイメージの鮮明化の仕上げにかかろうとする。

「防ぐ？　笑わせるな……」

ガイラスヴリムが低くうなった。

「おおおおおおおおおおおおおおおおおおおおおっ！」

獣のような咆哮《ほうこう》が響き渡る。

右手一本で持っていた剣に左手も添え、両手で高々と抱え上げた。

全身から黒い気力《オーラ》がほとばしる。放出されるエネルギーが周囲を激しく振動させた。刀身にすさまじい気が集中しているのだ。

「六割だ……今度は、凌げるか……？」

告げると同時に、魔将の赤い巨剣が振り下ろされた。

ふたたび散る、激しい火花。

ドクラティオの防御結界は先ほど以上に激しく明滅する。

「がっ……⁉」

押し勝ったのは、ガイラスヴリムの斬撃だった。

光のドームを切り裂いた赤い刃が、そのままドクラティオの体を両断する。どさり、と二つに分かたれた体が地面に倒れ伏した。

「ドクラティオ……！」

さすがにルカも呆然となる。

「『金剛結界』とやらも、六割の威力の斬撃には耐えられなかったか……しょせん、それが人間の限界……いや、本来ならこの峡谷が消滅するほどの一撃をある程度抑えこんだだけでも……褒めてやるべきか……」

（ドクラティオの防御魔法でも防げないなんて）

計算違いだった。

同時に、後悔の念が湧きあがる。

先ほどの模擬戦で彼女が戦ったハルト・リーヴァなら、あるいは今の斬撃でも防げたのではないか？

彼はまだ正式な冒険者ではない。ギルドの規則として素人に協力を依頼するわけにはいかない。今回のようなランクSが二人も出張《でば》るような任務なら、なおさらである。

ギルドの上層部からはそう聞いている。

だが規則や、あるいは『素人に頼るわけにはいかない』といったギルドの面子《メンツ》よりも、素直に戦力の高い人間に頼るべきではなかったのか。

「……今さら、ね」

ルカは小さく首を振った。

「私はただ戦うべき相手と戦うだけ。命令や作戦が正しかったのかどうかは、私が決めることじゃない」

決意を新たに、魔将と向かい合う。

「ひ、ひいっ……」

「ランクSがあっさり殺されるなんて……」

「だ、駄目だ、強すぎる……！」

背後で無数の悲鳴が上がった。

振り返れば、ずらりと並んだ騎士たちは一様に青ざめた顔をしていた。見るからにへっぴり腰で、とても前線に立って戦えそうには見えない。

「う、うろたえるな。俺たちは王都の防衛線なんだぞ。ここで崩れてどうする！」

かろうじて闘志を失っていないのは、ダルトンくらいだった。必死で兵たちを叱咤《しった》するが、恐慌が収まる気配はない。

（今の攻防を見ただけで、心を折られたみたいね）

怒るでもなく、失望するでもなく、ルカは淡々と分析した。

彼らは基本的に敵国との——人間相手の戦闘訓練しかしていない。相手が魔の者では、おびえるのも無理はない。本来なら、そういった連中を倒すのは冒険者の役目なのだから。

「次は貴様か……女」

ガイラスヴリムがルカをにらんだ。

「貴様は、他の惰弱な連中とは気配が違う……俺に対して臆さず、怯《ひる》まず……」

「『氷刃』のルカ・アバスタ。相手をさせてもらうわ」

美貌の少女騎士は凛《りん》と告げた。

「相手がどれほど強大でも、私は私の全力をぶつけるのみ」

その『全力』が今、完成する。


――神経強化。

反射強化。

速力増幅。


イメージの鮮明化が完了すると、四肢が燃えるように熱くなった。人の域を超えた運動能力が、全身に宿っているのを感じる。

「なるほど、因子持ちか……」

ガイラスヴリムが赤い眼光をルカに浴びせる。

「貴様が強者であることを願う……先ほどの男は、期待外れだった……」

「そう。じゃあ、私が期待に応えるわ」

淡々と告げて、ルカは剣を構え直す。

「戦神竜覇剣、光双瞬滅形態《ライトニングフォーム》」

ヴンと機械的な音を立てた長剣が、二本の剣へと分割される。身にまとっていた騎士鎧を外し、アンダーウェアだけの姿になった。

防御力を捨て、速力に特化したルカの最終殲滅形態。

「あなたを、打ち倒す」

可憐《かれん》な少女騎士は黒き魔将と対峙《たいじ》した。

「ダルトン、それに騎士たちも。もっと下がって。巻き添えを食わないように」

ルカは二本の剣を構えたまま、背後のダルトンと騎士団に指示を出す。

「ルカ、お前――一人で戦うつもりか」

「魔将に生半可な攻撃が通じないのは、さっきの一斉攻撃で実証済み。私が近接戦闘で倒す」

驚くダルトンに説明しつつも、視線は前方の魔将に向けたままだ。

ガイラスヴリムが両手で赤い剣を握ったまま、ゆっくりと近づいてきた。

先ほどの攻防を思い出す。彼が両手で放った斬撃は、ドクラティオの防御結界すら切り裂いた。まともに受ければ、人間の体など消滅してしまうだろう。

そう、まともに受ければ。

「戦神《ヴィム・フォルス》と罪帝《グリード》覇竜の名を冠した剣……かつての神魔大戦の《遺産》か。面白い」

魔将の視線がルカの双剣に向けられた。

美しくきらめく白銀の刃。竜を模した柄頭。全体的には武骨なフォルムでありながら、どこか芸術品に似た気品を漂わせる武具。

（遺産……？）

彼女の剣は以前とあるダンジョンで見つけたものだ。刻まれた銘からして、ドワーフの名工が作ったものだろう。

もっとも、今は剣の由来などどうでもいい話だった。

目の前の敵を斬る。倒す。討つ。

ルカが考えるのは、それだけだ。

「確かにあなたの斬撃の威力は桁違い。だけど一つ分かった」

二刀をだらりと下げ、無表情のまま魔族を見据える。

数メティルの距離を挟み、二人の視線が中空でぶつかり、火花を散らした。

「ほう……何が分かったというのだ？」

「それは――」

ルカの姿が消える。常人には視認すらできない超々速の疾走。

「……速いな」

だが、さすがに魔将は超越した反射速度で、ルカの打ちこみを受け止める。

銀の双剣と赤い巨剣がぶつかり合い、腹に響くような金属音が鳴った。

ルカは鍔迫り合いには移らず、すぐに跳び下がった。ガイラスヴリムの周囲を、円を描くようにして移動。先ほどに倍するスピードでふたたび斬りかかる。

「さらに加速したか……」

「あの斬撃には一定時間の『溜《た》め』が必要。だから、力を溜める時間を与えない連続攻撃なら封じられる」

ルカは矢継ぎ早に攻撃を仕掛けた。

斬り下ろし。薙《な》ぎ払《はら》い。刺突。

二本の刃が舞うように閃《ひらめ》き、踊るように打ちこまれる。

「……なるほど。確かにこれでは……気力を溜めることはできんな」

ガイラスヴリムはわずかに笑ったようだった。巨大な剣を自在に操り、ルカの超速斬撃をすべて凌いでいた。

（パワー馬鹿ではない、ということね）

町を一振りで破壊するほどの膂力《りょりょく》に加え、卓越した剣の腕を兼ね備えているようだ。

まさに——超絶の剣士。

ルカはそれでもひるまず、さらに踏みこんだ。二刀を体の前で交差するようにして、渾身《こんしん》の一撃を叩《たた》きこむ。

「しょせんは人間……」

だがその一撃も、ガイラスヴリムは赤剣で易々と弾き返した。

「その身体能力には限度がある……たとえ超常の血脈に連なり、その力を発現できる因子持ちとはいえ……」

「……強い」

実感する。今まで戦った、どんな剣士よりも――目の前の魔族は圧倒的で、超越的だ。

ぞくりと全身が粟立った。

恐怖ではない。絶望でもない。血潮がたぎるような狂おしい興奮だ。

「じゃあ、もっと速くするわ」

告げて、ルカは加速する。

さらに速く。

もっと速く。

速く。

速く――。

光双瞬滅形態の限界加速係数である七・七四三一倍まで、ルカは速力を引き上げていく。

「くぅ、ううぅ……っ」

全身の肉が、骨が、激しく軋《きし》んだ。後で反動が来るだろうが、どのみちこの場で倒せなければ、ルカも、他の冒険者や兵たちも全滅だ。

「まだ加速できる……だと……!?」

「これなら――」

ルカは痛みを無視して斬撃を繰り出した。魔将の剣をかいくぐるようにして、甲冑の胴体部に一撃を浴びせる。

「……くっ」

青い血が、散る。先ほどの一斉爆撃を受けてなお無傷だった防御力も、それを上回る威力の斬撃を叩きこめば切り裂けるのだ。

さらに二撃、三撃。

ルカの斬速は、ガイラスヴリムのそれをわずかに上回り、腕を、足を、胸を、胴を――次々と斬りつけていく。

サロメたちはまだ到着していない。挟み撃ちのタイミングがズレてしまった。

本当ならドクラティオが防御魔法で魔将を足止めするつもりだったのだが、ガイラスヴリムの攻撃力はこちらの想定をさらに超えていた。

守勢に回れば押し切られる。攻めあるのみ。

挟み撃ちの準備が整うまで待っていたら、その前にこちらの部隊は全滅する。

「なんだ、これは……残像……!?」

ガイラスヴリムの声に戸惑いの色が混じった。言葉通り、ルカが動いた後には彼女の姿がわずかな時間、残っていた。

分身に限りなく近い、残像だ。

しかもその数が、一つ、また一つと増えていく。

「どこまでもスピードが上がっていく……馬鹿な……⁉」

魔将の斬撃はルカに当たらない。

当たったように見えても、それは彼女の残像。本体にはかすりもしない。

縦横に振り回される赤い巨剣を避けながら、ルカはガイラスヴリムに斬りつけた。斬り続けた。

避けては、斬る。斬っては、避ける。

一撃一撃はそれほどのダメージではないが、蓄積すれば少しずつでもガイラスヴリムの体力を奪えるはずだ。そして、隙ができた瞬間に首を刎《は》ねるなり、心臓を突き刺すなり、致命的な箇所に攻撃を加える。

ルカは一撃離脱戦法《ヒットアンドアウェイ》に徹しながら、そのチャンスを待った。

やがて、魔将の動きがわずかに鈍る。

（このまま押しきる）

ルカは一気に加速し、加速し、加速し、加速し――、

「絶技、双竜咢《グリードバイト》――最大戦速」

最高速へと到達する。

生み出された残像分身の数は、全部で十六。

「これは亜光速の動き……！　まさか人間ごときがここまで……」

さすがのガイラスヴリムも驚きの声を上げる。

「これが最終形『氷皇輪舞《アイシクルロンド》』」

分身と本体――合わせて十七人のルカが、同時に、そして静かに告げた。

「終わりね、ガイラスヴリム」

十七方向から放たれた最速最強の一撃が、黒き魔将に叩きつけられる。

青い鮮血が、盛大に散った。

※

ルカたちが出発した翌日の朝。

「大丈夫かな、みんな」

俺はリリスやアリスと一緒に、宿の一階にある食堂で朝食を取っていた。

ギルドの入会審査の結果は保留のままだ。

結果が出るまで、俺は引き続き宿で過ごしていた。リリスやアリスも、防衛線が突破されて魔族が王都に侵入してきたときのことを考え、ここで待機している。

もちろん俺も、万が一のときには戦うつもりだった。

本当はルカたちについて行きたい気持ちもあったんだけど――。

ギルドの方できっちりと作戦を立てて、それに合ったメンバーを選抜してるはずだし、まだ冒険者にすらなっていない俺が口出しするわけにもいかない。

信じて、待つしかないんだよな。

「魔族の進行速度から考えて、交戦は今日の昼ごろね」

と、リリスがため息をついた。

ただ待つだけっていうのも、これはこれでつらい。ルカやサロメたちが強いのは分かってるけど、相手の魔族もめちゃくちゃ強いって話だ。やっぱり心配だった。

「私たちには祈ることしかできません……」

アリスが悲しげにつぶやく。

「歯がゆいね」

リリスが悔しそうな顔で唇を噛みしめた。

「本当は行きたいのか、リリスもアリスも」

「それは、あたしだって」

俺の言葉にリリスが何かを言いかけたそのときだった。

「では、今からでも魔族討伐作戦に参加されてはいかがですか、お嬢様」

突然の声に、俺たちはハッと振り返る。

食堂の入り口に、黒いタキシード姿の老紳士が立っていた。

「ゴードン……!」

リリスの表情が険しくなった。

「私たちの実家の——ラフィール伯爵家の執事を務める者です」

アリスが俺に教えてくれた。

「ここの宿にいらっしゃると伺いましてね」

老紳士——ゴードンさんが俺たちの席までやって来る。

「今のはどういう意味なの、ゴードン？」

リリスは固い表情のままたずねた。

「言葉通りの意味でございます、リリス様。伯爵より言伝です。『今作戦は国家の存亡をかけた戦い。伯爵家の一員としてこれに加わることは当然。したがって、魔族迎撃戦線に急ぎ合流するように』——以上です」

「合流って……」

「私たちはランクBですから作戦の参加資格はないんです、ゴードンさん」

と、アリス。

「規則ではそうですが、今は緊急事態です。より柔軟な対応が求められますゆえ、昨日のうちに、伯爵よりギルドの上層部には話を通したとのことでございます」

老執事は微笑み交じりにうなずいた。

「お父様が話を通した……？」

「ギルドの許可はすでに下りております。クアドラ峡谷での魔族迎撃作戦に、リリスお嬢様とアリスお嬢様は特別に参加資格を得ました」

ゴードンさんは満面の笑顔だ。

けど、目が笑っていない。二人への視線がやけに冷たいのが気になった。

「伯爵より魔導増幅弾《マジックミサイル》三発を預かってまいりました。どうかお受け取りください」

と、矢じりに似た赤いパーツを三つ差し出すゴードンさん。

マジックミサイル。確か魔法の威力を大幅にアップさせる道具で、以前に竜と戦ったときにもリリスたちが使ってたっけ。

「マジックミサイル三発とは大盤振る舞いね。これだけでお父様の領地の三分の一くらいは買えるんじゃない？」

「国家の存亡を懸けた戦いですので。出し惜しみする理由はない、と」

目を丸くしたリリスにゴードンさんは恭しくうなずいた。

「さあ、どうなさいますか。これを受け取り、戦いに赴きますか？　それとも強敵との戦いは避け、安全な場所で待ちますか」

「そんな言い方はないでしょう」

俺はムッとなって立ち上がった。

「別にリリスたちは逃げてるわけじゃない。ギルドの規則通りに――」

「もちろん、お断りいただいても一向に構いません」

ゴードンさんは微笑みを絶やさず――とはいえ、相変わらず目は笑ってないんだけど――続ける。

「むしろ普通の人間なら断るでしょう。あまりにも危険が大きすぎますからね。ですが伯爵は、お嬢様たちの性格上、必ずこの話を――」

「許可が出たなら、あたしは行く。やっぱり、このままジッとしていられないよ」

「リリスちゃん……」

アリスは悲しげに顔を伏せた。

「分かっているのでしょう？　お父様はきっと私たちを利用しようと……」

「でしょうね。あたしたちがこの戦いで死んだら『我が娘は救国のために命を捧《ささ》げた』なんて美談にでも仕立てるつもりでしょ。いかにもお父様が考えそうなことだもの」

リリスたちの家庭の事情は分からないけど、やっぱり上手くいっていない感じなんだな。

「でも、お父様や外野の思惑なんて関係ない。王都が落とされたら、アドニス全体の危機じゃない。あたしはルカやサロメみたいに強くない。でも、マジックミサイルもあるし、あたしにも援護射撃くらいはできるはず」

「力になりたいのは、私も同じです」

アリスは小さくため息をついた。普段はおとなしい彼女の表情が、今は凜とした意志をみなぎらせている。

「リリスちゃんが行くなら、私も行きます」

「なら、俺も行く」

進み出る俺。

リリスたちを見ていて、自分がどうしたいのかに気づいた。

今さら気づかされた。

最初からこうすべきだったのかもしれない。

かつて俺の町を救ってくれた彼女たちのように——俺も、守りたいもののために動く。

戦う——！

「二人だけを危険な目に遭わせるのは嫌だからな」

「ハルト、でも——」

「平気平気」

雰囲気が暗くならないように、俺はわざと気楽に言った。

自分のスキルに対する自信が深まっていることもある。実戦をいくつか重ねて、バリエーションも増えている。何とかなりそうな気がするんだ。

根拠はあんまりないけど。

「それに王国自体が滅ぼされちゃったら、シャレにならないだろ。戦うしかない。戦って守るしかないんだ」

俺は力強く告げた。

「でも、ハルトさん」

アリスが心配そうな顔で俺を見つめた。

「相手は、たぶん竜以上の敵です。いくらハルトさんの防御魔法がすごくても——」

「いや、ケタ違いの敵だからこそ、俺が行く意味があると思う。攻撃力だって竜以上の可能性が高いだろ。だったらそれを防ぐ『盾役』が必要じゃないか？」

俺はにやりと笑ってみせた。

「確かに敵の攻撃を確実に防げる人員が増えれば、後衛はより強力な魔法を詠唱できるし……ドクラティオさんにハルトが加われば、戦いを優位に進められるかもしれない」

「リリスちゃん……」

「あたしは竜やDイーターとの戦いで見せたハルトの力を信じる」

ありがとう、リリス。

「……分かりました。リリスちゃんがそう言うなら、私も信じます」

アリスが同調する。

「ってことで、特例ついでに俺も行ってもいいだろ？　あ、俺が規則を無視して勝手について行ったってことにしてもいいから」

「では、そのように伯爵にご報告いたします。お嬢様がお望みということでしたら、ギルドにも話を通してもらうように伝えましょう」

意外にあっさりとゴードンさんは了承してくれた。

「あたしたちが『やっぱり行かない』なんてへそを曲げないように便宜を図ってくれるわけね」

リリスがゴードンさんを軽くにらんだ。

「わたくしはただお嬢様のご意志を尊重したいだけでございますゆえ」

ゴードンさんは一礼すると、俺を見据えた。

「ハルト様と仰《おっしゃ》いましたか。どうかお嬢様たちをよろしくお願いいたします」

慇懃《いんぎん》に告げて、老執事は去っていく。

三十分後、俺たちは装備を整え、出発した。

決戦の場所、クアドラ峡谷へ。

※

サロメは他の冒険者や王国の騎士、魔法使いとともに、峡谷の尾根伝いに進んでいた。

眼下にはゆっくりと進む魔将の姿がある。もう少し進めば、待ち受けるルカたちと接敵するだろう。サロメたちはそれに合わせて、敵の後方から挟撃する作戦だ。

魔法使いの一人には、マジックミサイルを一発持たせてあった。もう一発はルカの部隊にあり、おそらくダルトンが使うことになる。

ギルドの王都支部にたった二発だけ残っていた貴重品である。タイミングを計り、確実に命中させる必要があった。

さらに行軍は続き、

「？　あれは――」

サロメが何の気なしに振り返ると、峡谷に近づく馬車が見えた。

周囲一帯には、すでに避難勧告が出されているはずだ。わざわざ戦場に近づく物好きがいるとも思えないが――。

怪訝《けげん》に思ったそのとき、眼下でまぶしい黄金の光があふれた。

同時に衝撃波が吹き荒れ、サロメたちの足場も激しく揺れる。

見下ろせば、黒騎士とルカたちが対峙していた。どうやら魔将が放った斬撃衝撃波を、ドクラテイオが防御呪文でしのいだようだ。

「始まったね……」

サロメはごくりと息を飲む。

脳裏に浮かぶのは、魔将によって壊滅させられたアギーレシティの光景だった。

彼女に優しく接してくれた食堂の女主人の顔。ギルドで親しくしていた仲間たちの顔。

それらすべてが一瞬で失われ、地獄絵図と化した町。

多くの命を奪った魔族を、彼女は決して許さない。

かつて暗殺者として多くの命を奪った自分に、憤る資格があるのか分からない。

ただ、『あの事件』以来、自分は変わった。

命の尊さを、知った。

たとえ自分が罪人であろうと、今は多くの命を守りたいという意志がある。

「見ていて……あいつは、ボクが殺す」

今度こそ、あの『切り札』を使って——。

サロメの瞳に暗い殺意が宿った。

※

双竜咢の最終形『氷皇輪舞』。

亜光速の動きにより十六もの分身を作り出すこの技を、ルカは絶対の自信を持って繰り出した。

彼女と分身、合わせて十七の同時斬撃を防ぐ術《すべ》はない。圧倒的な速度から繰り出される剣は、いかなるものも斬り伏せる。

（これで――終わり）

ルカは文字通り魔将の全身を切り刻んだ。魔族特有の青い色をした鮮血が派手に飛び散る。

致命傷を与えたという手ごたえがあった。


「……足りない」


声が、した。

「えっ……!?」

次の瞬間、繰り出された横殴りの斬撃を、ルカは二刀でかろうじて受けた。

とっさに剣を出さなければ、胴から二つに分かたれていただろう。それでも衝撃を殺しきれずに、少女騎士は大きく吹き飛ばされる。

岩壁に叩きつけられ、そのまま倒れ伏すルカ。

「そんな――」

　二本の剣を支えに、弱々しく立ち上がる。

「惜しかったな、人間よ……」

　ガイラスヴリムは全身に斬撃を受けてなお、立っていた。甲冑はあちこちが砕け、青い血が噴き出している。

「確かに、かなりのダメージを負った……！　認めよう、貴様の力を……大した強者だ……だが、致命傷とはいかぬ……」

　さすがにその声からは覇気が減じていた。ただ、言葉通り致命的な傷は受けていないようだ。

（どうして……!?）

　ルカは、愕然《がくぜん》と魔将を見つめる。

「貴様の剣には……重さが足りん。並みの魔族や魔獣が相手ならともかく、魔将相手には……な。どうやら、その剣から引き出しているのは罪帝覇竜の力だけのようだ」

（重さが足りない……？）

　ルカは心の中でうめいた。

　確かに、彼女の剣技は戦神竜覇剣の特性や因子の種類から『速さ』を身上としている。だが亜光速で叩きつける剣は、竜の鱗《うろこ》すらバターのように切り裂くだけの威力を誇っているのだ。

　それをして『重さが足りない』とは。魔将の耐久力はあまりにも化け物じみていた、

「もしも……貴様が戦神の力をも引き出せていたら……もっと面白い戦いになったものを……貴様

の資質なら、あるいは人の身で魔将と渡り合うこともできたかもしれん……つくづく、惜しい……」

ガイラスヴリムが無造作に剣を振るう。

「きゃあっ」

巻き起こった突風でルカはふたたび吹き飛ばされ、岸壁に叩きつけられた。そのままバウンドして、地面に倒れ伏す。

「が、は……ぁぁ……」

肺の中の空気を絞り出すような、うめき声がもれる。四肢にすさまじい痛みが駆け抜けた。

「うう、ぅ……時間制限《タイムリミット》が、もう」

白兵の因子は身体能力を圧倒的に強化できる反面、使った後の反動もすさまじい。長い時間使えるわけではないのだ。ガイラスヴリムとの激しい戦闘や絶技の最終形まで使ったことで、あっという間に限界に達してしまったらしい。

「どうやら、ここまでのようだな……因子の力で増大していた身体能力も、限界を迎えたか」

ガイラスヴリムは赤い巨剣を肩に担ぎ、ゆっくりと近づいてきた。

「ルカ！　くそっ、全員援護射撃だ！」

背後でダルトンが叫んだ。

だが恐慌寸前の騎士たちは、呆然と立ち尽くしたまま。

「紅蓮球《ファイアボム》！」

「……無駄だ」

ダルトンが一人で火炎呪文を連発するが、魔将は虫でも払うようにあっさりと跳《は》ね除《の》けてしまう。足止めすら、できない。

ダルトンにはマジックミサイルを一発持たせているが、あれは起動するのに時間がかかる。それを待ってくれるほど、魔将は甘い相手ではないだろう。

最初の一斉爆撃の際に、温存せずにマジックミサイルを撃ちこむべきだったのかもしれない。

ことごとく見込みが甘かった。

ドクラティオの防御をやすやすと撃ち破られたことも。ルカの絶技が通じなかったことも。

(魔将がこれほどの強さだなんて……)

「終わりだ……人間にしては、なかなかだったぞ……」

とうとうルカの前まで歩み寄ったガイラスヴリムは、ゆっくりと剣を振り上げた。

ルカは動けない。剣を支えになんとか立ち上がろうとするが、もはや四肢に力が入らなかった。

「ルカ・アバスタ、といったか……貴様の名は、俺の心に刻んでおこう……人間にも強者がいた、と……」

静かに告げた魔将が、赤い巨剣を振り下ろす。

「さらばだ、強き騎士……」

(ここまでみたいね)

心の中に静かな諦念が広がっていく。敗北の無念さと、これほどの強敵が相手なら負けても納得できるという満足感に似た気持ちが混じり合っていた。

次の瞬間には、自分の体は両断されているだろう。

反射的に目を閉じる。


——予想した衝撃や痛みは、やって来なかった。


「えっ……⁉」

驚きに目を開く。

最初に視界に飛びこんできたのは、まばゆい極彩色の光。

そして翼を広げた天使に似た紋様。

覚えがある。ルカの全力の剣を受け切り、凌いでみせたあの光だ。

彼女が心から強者と認めたあの少年の——。

「大丈夫か、ルカ！」

彼女をかばうように立ちはだかったハルトが、魔将の剣を受け止めていた。

※

王都を出た俺たちは、魔導馬車で一路、クアドラ峡谷へ進んでいた。

そこでルカたちが魔将ガイラスヴリムを迎撃する予定だ。魔族の進行速度から考えると、戦いの始まりにギリギリ間に合うかどうか、ってところである。

「魔の者のほとんどは数日で元の世界——魔界に帰ってしまうの。理由は分からないけど、人間の世界での彼らの活動限界がそれくらいだっていう説が有力ね」

馬車の中で、リリスが俺に説明する。ちなみにこの馬車は冒険者ギルドのもので、魔の者を討伐する際の移動手段としてギルド内に常備されているそうだ。

「じゃあ、今回の奴も放っておけば、そのうちいなくなるのか」

「今までの例だとその可能性が高いです～」

俺の問いにアリスがうなずいた。

「ただし、必ず帰るとは限らないの。それに……どちらにしても数日はこの世界にいるはずだから、その間にどれだけの被害が出るか……」

沈痛な顔で告げるリリス。

「じゃあ作戦は迎撃と殲滅。その一択ってことだな」

「ええ、これが通じればいいんだけど……」

リリスの手には真紅に輝く三つの魔道具がある。

矢じりに似た形状のこれは、マジックミサイルと呼ばれるものだ。魔法の威力を増幅するアイテムで、以前にリリスはこれを使って竜を倒している。

それが、全部で三発。

「マジックミサイルって、ものすごく貴重品なんだっけ……」

「以前に竜退治に使ったのは、お父様があたしたちに一発だけ持たせてくれたものよ。冒険者になったときにお祝いとしてもらったの」

と、リリス。

「そのときは期待していたみたいだけど……結局、あたしたちはランクB止まり。すぐに失望して、あたしたちへの興味をなくしてしまったみたい」

暗い顔でため息をつく。

「そうか……」

「迎撃部隊も何発か持っていると思うから、ありったけ撃ちこめば、高位魔族が相手でも十分戦えると思うの」

リリスはすぐに明るい笑顔に戻り、言った。

「みんなでがんばりましょう～！　あ、見えてきました」

アリスが前方を指差した。

クアドラ峡谷。切り立った崖に左右を挟まれた峡谷だ。

魔導馬車はかなりの速度で近づき、やがて遠目に騎士団の姿が見えてきた。

あそこが、戦場か。

目を凝らしたとき、金色の光が弾けた。続けて、突風が押し寄せる。

もしかして、もう戦いは始まっているのか？

「御者さん、もっと急いで」

リリスの指示に、魔導馬車が加速する。なおも前方では魔力の光が弾けたり、衝撃波の余波らしき風が吹き荒れたりしていた。本格的な戦闘に突入しているようだ。

俺たちも早く合流しなきゃ。

魔導馬車がさらに近づき、戦場がはっきりと見えてきた。

「ルカ……!?」

控える騎士たちの向こうに、青髪の少女騎士の姿がある。黒騎士の姿をした魔族と戦っていた。

優勢なのは、魔族のほうだ。

吹き飛ばされたルカが岩盤に叩きつけられる。倒れたまま起き上がれない彼女の元に、魔族が歩み寄る。

このままじゃ殺される！

「ルカ！」

俺は思わず叫んだ。

くそ、距離が遠すぎる――。

歯噛みした俺の脳裏に、ある考えが閃いた。

「リリス、俺をあそこまで飛ばせないか？」

「飛ばす？」

訝るリリス。

「風の魔法で、俺の体ごと吹っ飛ばすんだ。俺はスキルで――じゃなかった、防御呪文で自分の身を守るから」

「あなた自身を矢のように飛ばす、ってことね？　確かにあなたの防御魔法があれば、傷一つ負わずに移動できるかも」

リリスが納得したようにうなずいた。

「風系統はそんなに得意じゃないけど、やってみるっ」

視線を戻すと、ルカは地面に倒れたまま起き上がれないみたいだ。黒騎士が巨大な赤い剣を振り上げている。

まずい、もう時間がない。

「ハルト、準備して」

焦る俺に、リリスが叫んだ。手際よく呪文を唱え終わったみたいだ。

俺は急いで馬車の荷台まで移動し、護りの障壁を展開した。

同時に、リリスが呪文の力を解放する。

「風王撃《エルガスト》！」

そして、風に乗った俺は馬車から飛び出し、一直線に前線へと到達。ルカに振り下ろされようとしていた魔族の剣を、身にまとった護りの障壁で止めたのだった。

あらためて周囲の状況を確認する。

少し離れた場所に両断された死体がある。冒険者の誰かだろうか。すぐ後ろにはルカがいて、さらに後ろにはダルトンさんと騎士団が控えていた。

「大丈夫か、ルカ！」

声をかける俺。その間も極彩色の光を全身にまとったまま、ガイラスヴリムの巨大な剣を両手で受け止め続けている。

「ハルト……！」

驚いたようなルカの声には、力がない。骨でも折れているのか、内臓にダメージがあるのか、かなり弱っているみたいだ。

「もうすぐアリスが来る。下がって、治癒魔法を受けてくれ」

「あなたは、どうするの？」

「決まってるだろ」

俺はにやりと笑って、眼前の黒騎士を見据える。

「こいつを食い止める。リリスとアリスがマジックミサイルを持ってきてるから、合流したら攻撃は任せるぞ」

「ありがとう、すぐに戻るわ。それまで持ちこたえて」

ルカが立ち上がった。

「あなたの力を、信じる」

足音が遠ざかっていく。俺は黒騎士を油断なく見据えたままだ。

「護りの女神の紋章《イルファリア・クレスト》──なるほど、貴様がそうか」

魔族の声に力がこもった。剣を引き、俺から数歩距離を取る。

「俺は魔王陛下の腹心——六魔将が一人、ガイラスヴリム……魔王陛下より命《めい》を受け、この場に参上した者である……！」

いきなりの口上だった。

「陛下は仰《おお》せだ……神の思惑がなんであれ叩き潰せ、と……ゆえに俺は貴様を……肉も、骨も、一片すら残さず、破壊する……打ち砕く……」

赤い眼光に強烈な殺意が灯る。

さすがに魔王の腹心を名乗るだけあって、とんでもない迫力だ。どうやらルカとの戦いでダメージを負っているみたいだった。それでもなお、以前に戦った竜やＤイーターとは比べ物にならないほどの威圧感を覚えた。

「まずは六割で行く……」

魔将は赤い巨剣を両手で掲げた。その全身から立ち上った黒いオーラが、鉄板みたいな刀身を包みこむ。

「受けてみせろ——！」

咆哮とともに、ガイラスヴリムは剣を振り下ろした。

吹きつける嵐のような衝撃波。叩きつけられる真紅の刃。

そのいずれもが、俺が展開した護りの障壁の前に弾き返される。

こいつは町をいくつも滅ぼすほどの攻撃力を持っているって話だから、攻撃を弾くときは背後に

余波がいかないように気を付けた。

魔将はなおも二撃、三撃と叩きこむ。

俺はまったくの無傷だった。展開した光の防御は小揺るぎもしない。

「硬いな――ならば、これで……っ」

ガイラスヴリムが斬撃の速度を一気に上げた。

一撃必殺の剣から、連撃へと切り替えたか。

赤い巨剣がすさまじい速度で、あらゆる方向から打ちこまれる。

だけど何発受けようと、何十発受けようと、何百発受けようと――俺の防御は崩せない。

町を壊せる攻撃も、俺の防御は壊せない。

「こいつ……」

ガイラスヴリムの声にわずかな動揺がにじんだ。

と、俺の体を包む光が明滅を始める。そろそろ持続時間切れか。

「むっ、そろそろ限界ということか……？　ならば砕け散れ、人間よ……！」

勝機を悟ったのか、魔将は今まで以上に巨剣を大きく振りかぶった。

――形態変化《アルター》。

――反響万華鏡。

俺はすかさず防御スキルの種類を切り替えた。

心の中でキーワードを唱えたのは、イメージしやすくするためである。

俺の眼前に浮かぶ天使の紋様は、翼の数が二枚から六枚へと増えた。同時に、相手の攻撃を『受け止める』タイプから、受けた攻撃を万単位に分散して反射するタイプへとスキルが変化する。

以前、ルカと戦ったときにも使ったスキルだ。

ただし、あのときは全方位に反射したのを、今回は少しアレンジしてある。

「いっけぇぇぇぇっ！」

全方位ではなく前方に向かって、分散した反射斬撃を放つ。無数の赤い閃光《せんこう》が弾けた。

「なんだと……⁉」

自ら放った斬撃がカウンターで雨のように降り注ぎ、ガイラスヴリムは数メティルほど吹き飛ばされた。

その間に、俺は効果時間が切れた護りの障壁をもう一度発動する。ふたたび極彩色の輝きが俺の全身を覆った。スキル切れのタイムラグさえ狙われなければ、ガイラスヴリムが俺にダメージを与えることはできない。

「戦える──」

俺は確かな手ごたえを感じた。

相手が魔将を名乗る高位魔族でも、俺のスキルは通用する。このままガイラスヴリムを食い止め続けて、後は回復したルカやマジックミサイルを持ったリリスたち攻撃陣《アタッカー》を待てば──。

奴に、勝てる。

「……確かに護りの力だ。絶対的な硬度といっていい……」

ガイラスヴリムがうなった。

「それでも俺は、俺の剣を信じるのみ。次は——八割で行く」

告げて、ふたたび巨剣を掲げる魔将。

さっきの『六割』って台詞から予想はついたけど、やっぱりまだ威力が上がるのか。

だけど、受け切ってみせる。どれだけ強大な攻撃だろうと、俺のスキルはあらゆるダメージを通さない。

「があああああっ！」

獣のような咆哮とともに、赤い剣を黒いオーラが包みこんだ。

武骨な鉄板を思わせる刀身が、燃える炎を思わせるそれへとデザインを変える。いや、あるいはこれこそが本来の姿なのか。自らの力と剣を一体化させたそれは、まさしく魔剣だった。

「護りの神の力と、この俺の破壊力——いずれが勝るか、勝負といこうか……！」

ガイラスヴリムの声に喜びの色がにじんだ。

戦いに生き、戦いに死ぬ——そんな武人としての喜び、なのか？

「さあ、受けろ……！」

雄たけびとともに魔将が赤剣を振りかぶる。

次の瞬間、苦鳴を上げたのはガイラスヴリムの方だった。

「いちいち仰々しく構えるのはいいけど、ちょっと隙が大きすぎるわね」

直後、ガイラスヴリムの首筋から青い鮮血が散る。

「ぐっ……!?」

苦鳴を上げた魔将は斬撃を中断して跳び下がった。

「貴様は……！」

赤い魔剣を構え直し、俺をにらむ。

――いや、にらんでいるのは俺じゃない。

一体いつの間に現れたのか。俺のすぐ側に、一人の少女が立っていたのだ。

腰まで届く流麗な紫色の髪。露出の多い踊り子の衣装をまとった、褐色の肢体。右手に構えた大ぶりのナイフからは、魔将の青い血がしたたっている。

「サロメ――！」

どうやら別働隊だったらしく、数十メティル先から冒険者や騎士、魔法使いらしき一団がやって来るのが見えた。

「無敵の魔将様も油断を突かれたら脆《もろ》いみたいね」

サロメは長い紫の髪をかき上げ、嘲笑した。いつもの彼女とは別人のように酷薄な表情だ。

「……なるほど、隠密《おんみつ》系の因子を持っているのか。道理で気配に気づかなかったわけだ……」

ガイラスヴリムがサロメをにらんだ。

「しかも、それだけではないな。貴様の因子は――」

「殺すわ。お前は、この私が」

口調まで別人のようになったサロメが、冷ややかに告げた。

「エルゼ式暗殺術の神髄、見せてあげる」

その姿が突然、揺らいだ。まるで空気に溶け消えるように。

俺はその姿を見失う。

「消えた……だと……!?」

ガイラスヴリムがうめいた。

「私の因子は『隠密』」

直後、サロメは魔将の背後に現れていた。まるで瞬間移動だ。

「エルゼ式暗殺術隠密歩法『伊吹《いぶき》』――これが私の切り札。気配を完全に断った私は、たとえ魔王でも捉えられない」

振るったナイフがガイラスヴリムの背中を切り裂く。

「大口を叩くな……!」

赤い巨剣を縦横に振り回す魔将。

だけど、そのときにはすでに彼女の姿は消えている。

異常だった。

たぶん数メティル以内にいるはずなのに、姿がまるで見えない。

ルカみたいな超スピードで視認できないわけじゃない。もっと、別種の力だ。

というか、見えないんじゃなくて『気づけない』んじゃないだろうか。おそらく『気配を断つ』という能力を極限まで高めた体術。

「どこを見ているの？」

サロメの姿が消え、

「こっちよ」

また一瞬だけ現れる。

「ちいっ……」

「残念。こっちよ」

嘲笑とともに、魔将の体から血がしぶいた。

「……なるほど。厄介な体術を使うな」

全身を覆う甲冑を青い血に染めながら、ガイラスヴリムがうめいた。

「武人さんは正々堂々の戦いがお得意みたいね」

魔将の背後に忽然《こつぜん》と現れたサロメが、冷ややかな口調で言った。

「だけど私の本領は暗殺。正面から戦う必要はない。戦うつもりもない。正々堂々なんて無駄、無意味、無価値。ただ隙を突き、殺すだけ」

また、青い血が散った。

魔将にはサロメの動きが見えず、サロメは魔将を斬りつける。一方的な勝負だ。

「ルカとの戦いのダメージが残っているみたいね。動きが鈍いわよ」

「……確かに傷は負っているが、人間ごときに後れを取るなど、魔将の名折れ……」

ガイラスヴリムはなおも巨剣を振り回した。

吹き荒れる衝撃波が周囲の岩盤を爆裂させる。大地がえぐれ、亀裂が走る。

手負いとは思えないほどの、すさまじいまでの斬撃だ。

だけど、サロメは巧みに姿を消して移動し、攻撃範囲から逃れ続けた。

「……ナイフごときで俺を殺せると思うな……貴様が疲れて動きが鈍れば、気配を捉えられる……」

「あら、ナイフで殺すなんて一言も言ってないわよ？」

サロメの微笑が聞こえた。

——俺のすぐ側で。

相変わらず気配を感じなかったが、いつの間にか移動していたらしい。

彼女が俺にぴったりと寄り添った。

「ハルトくん、防御魔法を」

耳元に柔らかな唇を触れさせ、甘い吐息とともにサロメがささやく。

触れ合う肌は柔らかく、艶めいている。こんな場じゃなかったら、ドギマギしていたところだ。

だけど、ここは戦場である。俺は気を引き締め直した。

「分かった」

すぐさまサロメを抱きしめて、護りの障壁の効果範囲内に彼女を入れた。

「じゃあ、仕上げね」

サロメは懐から何かを取り出し、中空に放り投げた。

炸裂《さくれつ》する小さな火花。小型の火薬だろうか。

「なんだ……!?」

魔将が訝った直後、

閃光と轟音が、弾けた。


「くっ……お……おお……」

爆炎が晴れると、甲冑がボロボロになったガイラスヴリムが立っていた。

「き、貴様……ぁ……！」

「どう、マジックミサイルで伝説級魔法《レジェンドレアスペル》にまで引き上げた魔法の味は？　さすがに効いたでしょう？」

サロメの笑みは、ゾッとするほど酷薄だった。

以前、リリスは通常級魔法《コモンスペル》を二段階上の威力を持つ超級魔法《レアスペル》にまで引き上げ、竜を倒した。

ならば今のは、名前からして超級魔法のさらにもう一ランク上の威力で食らわせたんだろう。

さっき放り投げた火薬は、発射のタイミングを知らせる合図ってわけか。

「ルカがお前を傷つけ、削り、私が引きつけて、背後の魔法使いがマジックミサイルで一撃――全部、手はず通りよ」

「不覚……人間どもを相手に、ここまで傷を負うとは……」

「今なら私のナイフでも殺せそうね。アギーレシティや他の都市で皆殺しにされた人たちの無念、晴らさせてもらうわ」

サロメがナイフを構えた。

「不覚だ……ぐ、ううっ」

ガイラスヴリムがうめく。

ふいに、全身を覆う黒い騎士鎧から火花が散る。

二度、三度。同時に、その体が陽炎《かげろう》のように揺らめき、薄れた。

なんだ――⁉

怪訝に思ったのも束の間、魔将の姿はすぐに元に戻る。

「……時間制限が近いか……覚悟を決めねばならんな」

つぶやくガイラスヴリム。

「人間ごときに百パーセントの力まで使うことになるとは……だが、このまま醜態をさらすなら……理性も、意志も、命すら捨ててでも……貴様らを討つ」

刹那。

「っ……⁉」

ぞくり、と全身に鳥肌が立った。

まるで周囲の気温が急に下がったような錯覚。それほどの、尋常ではない重圧。

「俺の全力には暗殺術など通じぬ。そして貴様も――」

血の色をした眼光が俺に向けられた。

「神の力といえど、しょせんは人間という器を通して発動するもの……すべてを捨てた俺の全霊の剣……防げるものなら、防いでみるがいい……」

ばぐんっ、と音を立てて、ガイラスヴリムの兜《かぶと》と仮面が弾け飛ぶ。その下から現れたのは、狼《おおかみ》のような顔。

「るぅぅぅぅぅぉぉぉぉおおおおおおおおおぉぉぉぉぉぉオオオォォォンッ！」

ガイラスヴリムが吠えた。

獣の遠吠えに似た、咆哮だった。

そして、魔将は変貌する。


すべてを破壊し、殺戮《さつりく》する――狂戦士に。


「なんだ、これは……！」

俺は呆然とガイラスヴリムを見つめた。

狼のような顔。異様に太くなり、長く伸びた手足。腰の後ろから生えた長大な尾。

それに合わせて、有機的なデザインに変形した黒い甲冑。

人と獣の中間ともいえる、異形《いぎょう》の騎士。

「これが俺の……全力の姿、だ」

狼の口から、くぐもった声で告げるガイラスヴリム。

その全身から突然、紫色の火花が散った。同時に、顔が、腕が、足が——すうっと薄れていく。

「ぐっ、うう……やはり、力を使い過ぎた……か」

苦しげにうなるガイラスヴリム。全身を震わせると、その薄れはすぐに元に戻った。

「だが、構わぬ……たとえ、この場で消滅しようとも……武人として、敵に背を向けはせぬ……」

魔将が、長い両手で巨剣をゆっくりと振りかぶる。

「この剣に俺のすべてを捧げよう……うぉぉぉぉぉぉぉぉぉおおおおっ！」

咆哮とともに、赤い剣が振り下ろされた。

「——!?」

俺はとっさにサロメを抱きしめ直した。

剣閃が、赤い軌跡となって一直線に伸びる。俺の防壁に弾かれ、わずかにコースを変えつつ、そのまま直進した赤光は——。

強烈な爆光となり、弾け散った。

「そ、そんな……！」

前方の峡谷が完全に消失していた。サロメと一緒に来た別働隊は、一人残らず消滅したようだ。

反対側のルカたちは無事のようだけど、とんでもない威力だった。

「があああああああっ！」

なおもめちゃくちゃに剣を振りまわす魔将。

「手当たり次第かよ……！」

無数の赤光と化した斬撃を、俺は反響万華鏡で前方に跳ね返す。

「ぐっ、ううっ⁉　があああっ！」

自身の斬撃がカウンターで直撃しても、魔将は構わずに剣を振るい続けた。

デタラメな耐久力、そして生命力。

「ハルト、サロメ、お待たせ！」

背後からリリスの声が響いた。ようやく合流できたらしい。

「リリス、マジックミサイルだ」

「任せてっ」

振り返った俺にうなずくリリス。

手にした杖には真紅の矢じりに似たパーツが三つ重ねて装着されていた。

魔法の威力をケタ違いに上げる魔道具、マジックミサイル。

それを三発、まとめて食らわせるしかない。

リリスとアリスの呪文が、美しい旋律のように響く。

攻撃役は、彼女たちに委ねられたみたいだ。ダルトンさんが撃たないのは、今までの戦いですでに魔力を使い果たしてるってことだろうか。

やがてマジックミサイルの起動呪文が完成し、同時にリリスが魔法を発動する。

「穿《うが》て、雷神の槍——烈皇雷撃破《ライトニングストライク》！」

かつて竜を一撃で屠《ほふ》った、リリスの必殺呪文。それが今度はマジックミサイル三発分の増幅《ブースト》をかけて、ガイラスヴリムに叩きこまれる。

まばゆい閃光が弾けた。

「どうだ——」

俺はごくりと息を飲み、前方を見据える。

爆光の中で、だけど獣騎士は小揺るぎすらしなかった。

効いてないわけじゃない。

俺が奴の斬撃を跳ね返したときと同じだ。こいつ、もはや自分のダメージすら意に介していない。

ガイラスヴリムは雷撃魔法のダメージで全身から青い血を流しながら、なおも斬撃を放ち続ける。

「こんなの、どうやって倒せばいいんだよ——」

俺はとにかく反射に専念した。

側にいるサロメや背後のリリスたちには、絶対に攻撃を通さない。一発でも通したら、俺とサロメはともかくリリスたちは消し飛ばされるだろう。さっきの別働隊みたいに。

だから一瞬たりとも気を緩めず、ガイラスヴリムの動きを注視する。

幸い、魔将の攻撃は破壊力こそケタ違いだけど、動き自体はそれほど速くない。俺にもなんとか見極められそうだ。

安心したのも束の間だった。

「打ち砕く……すべてを……すべてを……すべてを……！」

ガイラスヴリムが剣を掲げた。その刀身に黒いオーラがまとわりつく。

「今度はなんだ……!?」

魔将の剣から赤と黒の混じり合った光弾が打ち上げられた。

中空まで上がった光弾は、十数個に分裂して降り注ぐ。さながら流星のようなそれらが周囲に次々と着弾し、大爆発を起こした。

「くそ、無差別攻撃か……！」

俺と、俺に抱きついているサロメは護りの障壁のおかげで傷一つない。でも、周囲はひどい有様だ。硬い岩盤は砂糖菓子のように簡単に崩れ、地面は大きく陥没してクレーターと化す。

「リリスたちは――」

振り返ると、白い光のドームが見えた。

どうやら直撃はしなかったらしく、余波も防御魔法でしのいだみたいだ。だけど、もしまともに受けたら、たぶん防げないだろう。

ゾッとなった。

俺と側にいるサロメは生き残れると思うけど、他は無理だ。

スキルの守備範囲はせいぜいが数メティル。

その範囲外にいる人間は全滅する！

「打ち砕く……打ち砕く……打ち砕く……打ち砕く……」

ガイラスヴリムはぶつぶつとつぶやきながら、ふたたび剣を掲げる。

こいつ、やっぱり完全に理性をなくしている――!?

俺は戦慄した。


『理性も、意志も、命すら捨ててでも……貴様らを討つ』


さっきの魔将の言葉を思い出す。見た目通り、破壊本能だけの獣になったこいつを、止める方法なんてあるのか。

「くそっ、さっきのをまた撃たれたら――」

俺のスキルはけっして万能じゃない。

直進する斬撃なら反響万華鏡で跳ね返して、みんなを守ることができる。だけど、今みたいに空から何発も降り注ぐようなタイプだと、俺から離れた場所に着弾するやつはどうにもならない。

不可侵領域は魔法の発動を無効化する空間だから、斬撃に対しては効果がない。

もしも次の攻撃がリリスたちに直撃したら――俺には、防げない。

「……私が行くわ。なんとか隙をついて、奴の首を刎ねる」

サロメが前に出た。

「今のあいつの攻撃力はとんでもなく上がってるし、近づくのは危険すぎる」

「私は気配を消せるのよ。気づかずに奴の首を刎ねるくらい――」

言いかけたとき、ガイラスヴリムがこっちを見た。

「があっ！」

牽制《けんせい》の一撃を、放つ。俺のスキルによって難なく弾かれるものの、もしもサロメが単身で突っこんだら吹き飛ばされていただろう。

赤い眼光は、なおもサロメに向けられていた。

「……こいつ」

サロメが表情をこわばらせる。

「私の気配を察知してる……!?」

駄目だ。彼女の隠密歩法も獣騎士と化したガイラスヴリムには見極められてしまう。

どうする……!?　どうやって、次の一撃を食い止める――？

考えている間にも、魔将は次の一撃を放つ体勢だ。

赤い巨剣をゆっくりと振りかぶった。

今までの攻撃を見るかぎり、次の一撃が放たれるまで、あと数秒。

今度こそ、リリスたちに直撃するかもしれない。だけど俺には止められない。

嫌だ。死なせたくない。

俺はリリスを、アリスを、ルカを、みんなを護《まも》りたい。

全部を、護りたい。

護らせてくれ。

「頼む……っ！」


——やっと聞こえました、ハルトの声。


突然、声が響いた。

気が付くと、俺は真っ白な空間にいた。

あれ？　さっきまで峡谷にいたはずなのに。

「お久しぶりです、ハルト・リーヴァ」

目の前には一人の幼い女の子が立っている。

肩までの金髪に、つぶらな青い瞳。あどけない可憐な顔立ち。俺の胸にも届かないくらい小さな体に、ぶかぶかの白い貫頭衣。

「君は……？」

この女の子、どこかで見たような気がする。

記憶を探り、やがて思い出した。

「女神さまに似てる……？」

そう、俺にスキルを授けてくれたあの女神さまを幼くしたような姿なのだ。

「わたしはずっと呼びかけていました。その声が、やっと届きましたね」

幼女バージョンの女神さま（?）が微笑む。

ちなみに、大人バージョンと違っておっぱいはない。つるぺただ。残念。

「正確には、わたしは女神自身ではありません。あなたの中に宿る護りの女神の力——その精髄。イルファリアの意志の断片です」

「イル……ファリア?」

「そういえば、あのときは名乗りませんでしたね。わたしは——いえ、わたしの本体は護りを司る女神イルファリア。失われた古代の神の一柱」

微笑む女神さま。

いや、正確には女神さま自身じゃないらしいが、ややこしいのでそう呼ぶことにする。

「ここはどこなんですか。みんなはどうなったんです?　そうだ、俺はみんなのところに行かないと——」

「ここはあなたの意識の世界《インナースペース》。時間や空間とは無縁の場所」

女神さまが説明した。

「外界では一秒たりとも進んでいません。安心してください」

そう言われても、やっぱり心配だ。

なんて思っていると、女神さまが俺に顔を寄せた。

可愛らしい顔が至近距離まで近づき、思わずドキッとなる。

いやいや、こんな幼い子に何ドキドキしてるんだ、俺は。

俺の内心の動揺に気づいているのか、いないのか、女神さまはジッと見つめたまま、

「あなたに与えたスキルは順調に成長を遂げているようですね。ですが、まだそのすべてを使いこなせているわけではありません。あなたの力をさらなる成長に導くため——わたしはずっと呼びかけていました」

「さらなる成長……」

「そのためには、まずあなたの意志を確認する必要があります。あなたはイルファリアが与えたスキルをなんのために使いたいのですか？」

「俺は——」

「あらかじめ言っておきますが——あなたの力は、あなたの好きに使って構いません。わたしから——神々からは使命も、命令も、何も課しません。力を使って英雄になるのも自由。悪党になるのもまた自由。そういうルールです」

「俺は」

そんなの、決まってる。

まっすぐに女神さまを見据えた。

「今は、みんなを護るためにこの力を使いたい」

竜や魔族や、魔将との戦いの中で、自覚した気持ち。

俺は冒険者として、みんなを護りたい。

「でも今のままじゃあいつの攻撃を防げない。俺自身は助かっても、リリスやアリスやみんなが

――」

「重要なのはイメージです」

うめく俺に、女神さまは微笑したまま告げた。

「魔法も、因子も、そして神や魔のスキルも――すべての源流は同じもの。イメージすること――すなわち、意志を象《かたど》り、具現化すること――それこそがスキルを成長させ、より強く……」

だんだんと、その声が小さくなっていく。

待ってくれ、もう少し話を――。

叫んだ俺の声も、虚空に溶け消える。

「……思い描き、形を与える……のです……あなた……が……望む、力の……形……を……」

女神さまの声がさらに小さくなり、そして、

「そうすれば至るでしょう――やがて不可侵の存在へと」

最後の言葉だけは、やけにはっきりと聞こえた。

同時に、周囲に広がる白い何かが薄れ、消える。

気が付けば、俺は元の場所にいた。

「があああぁぁぁぁっ！」

ガイラスヴリムが雄たけびとともに、斬撃を放つ体勢に入っている。どうやら女神さまの言葉通

り、現実の世界では一秒も経っていなかったらしい。

俺のすぐ側にいるサロメは動けない。

今の魔将は、気配を消した彼女すらも察知できる獣の勘を備えている。うかつに飛び出せば、瞬殺だろう。そして背後にいるダルトンさんや騎士団、そして合流しているであろうリリスたちも動けないのは同様だ。

散発的に魔法を撃っているのは、リリスとダルトンさんだろうか。だけど魔将は意に介した様子すらなく、ひたすら力を溜めていた。切り札のマジックミサイルも使ってしまった今、もはや魔将にはダメージすら与えられない。

「駄目……みんな、今から逃げても間に合わない……」

サロメが苦い声でうめく。

「だったら――俺が護る」

「ハルトくん……？」

驚いたようなサロメを見つめ、俺はうなずいた。

残された猶予は何秒だろうか。

一秒か、二秒か。おそらく、わずかな時間しかない。

その刹那に――思いを象り、具現化する。

より強いスキルを目覚めさせる。

できるか、俺に？

いや、『できるか』じゃない。『やる』んだ！

――封印設定開始《プリセット》――


俺はたぶん心のどこかで、自分の力の限界を定めていた。

俺にできるのはこれくらい。

俺にはこれ以上のことはできない。

そんな線引きを心の中でしていたんだ。どこかで、自分に本当の自信を持てない状態だったんだ。

でも、それはもう終わりにする。

ここで、終わりにする。


収束。拘束。縛鎖。幽閉。

無効化。無力化。無発動化。

力を消去。斬撃を消去。衝撃を消去。破壊を消去。


ここから、一歩を踏み出そう。

ありったけのイメージを想起し、スキルを具現化させることで。

みんなを護るための、力を得るんだ。

今こそ――。
今まで限界だと思っていた壁を打ち砕く。
結界を構築。結界を錬成。結界を現出。結界を固着。
認識を定義。効果を設定。照準を固定。範囲を確定。

俺は、自分を信じる。
自分のスキルを信じる。
そのために、もっと強く、どこまでも鮮烈に、思い描く。
力の形を。
俺にできることを。
俺にしかできないことを！

――全工程程完了《コンプリート》――

まっすぐ突き出した右手から、虹色の光が伸びた。螺旋《らせん》の軌跡を描きながら突き進んだそれは、ガイラスヴリムが掲げた剣にまとわりつく。
「ぐぉぉぉ……おおおおおおおおぉぉぉぉんんっ……!?」

獣騎士が戸惑いの声を上げた。

光は八枚の翼を持った天使の姿に変わり、赤い魔剣を抱きかかえる。

「があぁっ！」

ほぼ同時に、ガイラスヴリムが雄たけびとともに斬撃を放った。

一撃で地形すらも変える、超絶の破壊剣。

本来なら強烈な衝撃波をまき散らし、大地を割り裂くであろうその斬撃は——そよ風さえも起こせなかった。

「ぐが……ぁぁぁぁっ……!?」

「第四の形態、虚空への封印《ヴォイドシール》」

戸惑う魔将に、俺は静かに告げた。

それが、俺がイメージした力の形。極小範囲の防御フィールドで剣を包み、『破壊エネルギーそのもの』を無効化するスキル形態だ。

もはやガイラスヴリムは何物も壊せない。何者にもダメージを与えられない。

「ぐっ、があああぁっ!?」

めちゃくちゃに剣を振りまわす獣騎士。

だけど、何度やっても同じだ。虹色の光に包まれた剣は、もはや破壊に使えない。

地面に当たっても傷一つつけられない。

「おおおおぉぉぉぉ……ぉぉ……ぉ……」

やがて。

魔将はその場にがくりと膝をついた。がらん、と剣を取り落とす。

「ここまで……か……」

その口から出たのは、今までの獣の雄たけびではなく人の言葉だった。

「俺の……すべてを込めた、破壊の力……よくぞ止めたな、人間よ……」

異様に太く、長く伸びていた四肢が元のサイズに戻り、狼のような顔もまた人のそれへと戻った。

たぶんこれが、初めて目にするガイラスヴリムの本当の顔。

剛毅《ごうき》さを体現したような武人の顔。

その顔が、体が、陽炎のように揺らめき、薄れ始めた。

「我らにはある制約がある……人の世界に長くは留まれぬ……」

ガイラスヴリムは苦しげな表情で、独白した。

「時が過ぎれば……たとえ、どれほど強大な魔の者でも力を失い、やがて消滅する……魔界に続く道――『黒幻洞《サイレーガ》』まで戻る時間はあるまい……」

黒い騎士の姿はどんどん薄れていく。背後の景色がうっすらと見えるほどに。

一体、これは――!?

「俺は……神魔大戦で敗北を喫して以来……魔界で、くすぶるだけだった……だが、今日は違った……！　束の間とはいえ、全力を振るうことができた……」

ガイラスヴリムは笑っていた。

「こんな日が来るのを望んでいた……命を燃やし尽くして戦い……死ぬことを……」

苦しげな表情で、楽しげな笑みを浮かべていた。

「貴様が持つ、神の力の分析も……いずれ終わるだろう。この戦いは……魔王陛下にすべて……届いている、のだから……」

ガイラスヴリムの、両足が消える。

腰が消え、胸が消える。

「叶《かな》うなら、貴様らを打ち砕きたかった……だが、叶わぬならば……」

腕が消え、肩が消える。

「俺は……捨て駒でよい……後のことは、陛下と残りの魔将たちが、きっと……」

消えながら、ガイラスヴリムは笑い続ける。

まるで無邪気な子どものように。

「さらばだ……強き者……」

そして——魔将の姿は完全に消えた。


あれから二日が経った。

王都に戻った俺は、延期になっていたギルドの入会審査が終わるのを待っていた。

で、無事に合格。俺は冒険者として正式に認められた。

ギルドの規則によって、新人は一律で最下級のランクEからスタートだ。

冒険者はS~Eの六つのランクに分かれていて、ランクごとに受けられる依頼や報酬が異なる。

そういった依頼をこなし、実績を積んでいくことでランクアップしていくんだとか。

で、今日はギルドでの入会手続きがあるってことで、俺は朝から本部を訪れていた。

「無事に審査を通ったみたいね」

入り口で待っていたのはルカだ。今日は騎士鎧じゃなく、町娘が着るような服装だった。

「おめでとう、ハルト」

「ああ、ありがとう。体は大丈夫なのか？」

ルカは、ガイラスヴリムとの戦いでかなりのダメージを負ったはずだ。ただ、見たところ元気そうだし、傷痕なんかもまったく見当たらない。

「傷は治癒魔法ですっかり元通りよ。ただ体力が戻るにはもう少し時間がかかるわ」

確かに、よく見ると顔色があまりよくない。

「因子の力を使い過ぎたことによる消耗は、治癒魔法では治せないから……」

言ったところで、ふいにルカがよろめいた。

「ルカ！」

倒れそうになった彼女を、俺は慌てて支えた。

正面から抱き留めるような格好になってしまった。あれほどの戦闘力を誇る少女騎士も、こうして俺の両腕の中にすっぽり収まっている体は、思った以上に小柄だ。

こんな小さな体で、魔将と渡り合ったんだな。

「もう支えてもらわなくても大丈夫」

「あ、ああ、ごめん」

気恥ずかしくなって、俺はルカの体を離した。

「いえ、ありがとう……」

彼女の方も、顔が少し赤い。

「もう一つ、お礼を言いそびれてた」

「ん？」

「ありがとう。助けてくれて」

ルカが俺を見つめる。

「魔将との戦いで、あなたが来なければ……私は殺されていたから」

「無事でよかったよ」

「いずれ返すわ。必ず」

にっこり微笑む俺に、ルカは凜と告げた。

「今度は私があなたを助ける」


入会手続きは一階の受付でやるって話だ。

ルカと別れてそこへ向かう途中、今度はサロメに出会った。

「冒険者になったんだって？　おめでとー」

にっこりと陽気な笑みを浮かべて、俺に手を振るサロメ。魔将との戦いで見せた、あの酷薄な表情は欠片もない。

やっぱり、こっちのサロメの方がいいな。うん。

「あれだけ活躍したんだし、一気にランクAくらいにしてくれてもいいのにね」

「まあ、最初は最下級からスタートって規則らしいし」

「ギルドはなんでも規則規則なんだよね、むー」

サロメは不満げに唇を尖《とが》らせた。

「あ、そうだ。今度ハルトくんのお祝いやろうよ。リリスやアリス、ルカも呼んでもいい？　みんなで美味しいもの食べよ。っていうか、美味しいもの食べよ？　美味しいもの食べよ？　ね？」

なんで『美味しいもの食べよ』を三回も言うんだ。強調しすぎだろ。

「じゅるる……」

「よだれ垂れてるぞ」

「はっ!?　べ、別に、ハルトくんのお祝いって口実で美食を楽しみたいとか、あわよくば奢《おご》ってもらいたいとか、そんなこと考えてないしっ。全然考えてないしっ」

考えてたよな、絶対。

「と、まあ冗談はこれくらいで」

「どう見ても冗談じゃなかったぞ」

「ハルトくんにお祝いを言いたかっただけだから。ボクはそろそろ行くね」

俺のツッコミをスルーして、サロメはにっこり笑った。

「アギーレシティの人たちのお墓参りに」

「墓参り……？」

「数日だったけど、仲良くしてた人もいるからね」

その横顔に寂しげな陰がよぎる。

「サロメ……」

「そうだ、リリスとアリスが向こうにいたから、後で声かけたら？　審査で色々と世話になってるでしょ」

「ああ、二人を捜してたんだよ。ありがとう」

「またね、ハルトくん。あ、お祝いの話、ちゃんとリリスたちやルカにも声かけておいてよね」

サロメは元の笑顔に戻ると、ぱちんとウインクをして去っていった。


その後も冒険者になるための申請書類や仕事や報酬の説明や、色々と事務的なことをこなした。

最後に、冒険者の証としてギルドカードっていうのをもらった。魔法技術が組みこまれた結構な高級品で、これ一枚で身分証や俺の実績の記録などいろいろなことができる便利アイテムらしい。

町から町へ移動するための魔導馬車の料金も、これがあると割引になるとか。

任務で遠出するときにも重宝するな、うん。

で、全部終わったときには夕方になっていた。

「ふう、やっと解放された」

ギルド本部の建物から出た俺は、大きく伸びをする。

とにかく、説明説明また説明って感じで肩が凝った、というのが正直な感想だ。まあ、仕事に就くってのはこういうことなのかもしれない。

と、

「お疲れさま、ハルト」

「冒険者の審査に通った後は大変ですよね」

リリスとアリスが歩み寄ってきた。手続き前に一度会ったんだけど、その後も待っててくれたらしい。付き合いがいいよな、二人とも。

「あたしたちのときも初日は説明とか書類を書かされてばっかりで、すごく時間がかかったのよ」

「そうそう、リリスちゃんなんて途中から寝てましたし」

「ね、寝てないよっ！　説明はちゃんと聞いて……なかったところもなくもないけど……まあ……」

ごにょごにょと決まり悪そうに口ごもるリリス。

正直、俺も説明の途中で少し寝てしまったから、気持ちはよく分かる。

「わざわざ待っててくれたのか。悪かったな。それと、二人ともありがとう」

二人に礼を言う。

「あたしたちは町中に用事があって、終わってからもう一度立ち寄っただけよ」

「ふふ、用事はすぐ終わったので、実際は半日くらい待ってたんですけどね。リリスちゃんがどうしてもハルトさんをお祝いしたいって」

「ち、ちょっと、姉さん、言わないでよっ」

リリスが真っ赤になった。

「えっと、その、あらためて——合格おめでとう、ハルト」

はにかみながら、リリスがにっこりと微笑んだ。

「おめでとうございます、ハルトさん」

その隣でアリスも嬉しそうな顔だ。

夕日を浴びた彼女たちの笑顔は、本当に可憐で、綺麗《きれい》で——。

見つめているだけで、胸が甘く疼《うず》く。

「ようこそ、冒険者の世界へ」

リリスが右手を差し出した。

「冒険者……か」

そう、俺はもうその世界に踏みこんだんだ。

「俺……これからは、もっとたくさんの人を守るよ。守れるようになる」

半ば自分に、半ば二人に誓うように告げて、リリスの手を取った。

柔らかくて、温かな彼女の感触。

さらにアリスがその上から手を重ね、

「これからもよろしくお願いしますね」

「お互いにがんばりましょ」

微笑む二人に、俺は力強くうなずいた。

書き下ろし１　ハルトの学園生活

「あたし、ハルトの学校に行ってみたいな」

リリスが突然言い出した。

魔族『空間食らい《ディーター》』との戦いを三日後に控えた日の夜。

両親がリリスやアリス、サロメをぜひ招待したいということで、俺たちは自宅で一緒に夕食をとることになったんだけど——その席での発言である。

「俺の学校に？」

「あたしたちは中等部までしか出てないのよ。卒業してすぐ冒険者になったから……」

説明するリリス。

「そうそう、高等部の学園生活ってちょっと憧れるんですよね。せっかくの機会ですし……駄目でしょうか？」

と、これはアリス。

「見学に行きたい、ってことか？」

「ううん、あたしたちがハルトの学校に編入するの」

リリスがにっこりと言った。

でも、いきなり編入なんてできるんだろうか。

「冒険者特例の短期入学制度を利用すれば、たぶんできるはずよ。といっても、今回はDイーターが現れるまでの期間になるけどね。実際には一、二日の体験入学みたいになるのかな」

「冒険者特例？」

「そういう制度があるの。簡単に言えば、色々な方面に便宜を図ってもらえるような制度ね。冒険者ってけっこう色々と優遇されてるの」

俺の問いに答えるリリス。

まあ、冒険者が実質的に対魔獣や魔族の戦力の要だからな。各国の兵士たちって、あんまり魔の者と戦いたがらないみたいだし。

その代わりってことなのか、世界平和を守る冒険者にはいろいろな優遇制度が各国で設けられているらしい。

「もし高等部に通っていたら、あたしと姉さんは二年生ね」

「ですぅ」

「そっか、俺と同じ学年なんだな……」

「へえ、面白そう。じゃあ、ボクも通う～」

と、サロメまで加わってきた。

三人と一緒の学園生活か。二日だけとはいえ、楽しそうだな。

——で、翌日にリリスたちは俺が通う学校に掛け合い、許可をもらってきた。

「ねえ、どうかな？　似合う？」

金色のツインテールを揺らしながら、リリスが制服姿でくるりと回る。

制服は学校が貸してくれたそうだ。

「いいと思うよ」

答える俺。

濃紺を基調としたブレザータイプの制服は、実際、二人によく似合っていた。思わず見とれてしまうほど可憐《かれん》だ。フレアスカートから伸びる形のよい脚も、健康的な色香を発散している。

「すごく似合ってる」

「本当？　ありがと、ハルト」

「ええ、とっても可愛いです、リリスちゃん〜」

アリスが微笑む。

「姉さんも可愛いよ」

「えへへ、嬉《うれ》しい」

二人してはしゃぐ様は見ているだけで心が和む。

「ふふん、ボクだって負けないよ」

と、今度はサロメが制服姿で現れた。胸元の膨らみは迫力たっぷりで、歩くたびに揺れている。

「スカート短くない？」

リリスが首をかしげた。

「あたしたちの制服と微妙に違うね」

「ですぅ」

「少し昔のデザインなんだって。こっちのほうが好みだから借りちゃった」

サロメが艶然と微笑んだ。

ミニスカートに近いそれは、太ももまであらわで異様に色っぽい。

「でも、サロメって高等部を卒業してる年齢じゃないか？」

素朴な疑問だった。

確か俺より二つ年上の十九歳だって話だったけど——。

「……ハルトくん、女の子に年齢のことを言うのは禁句だよ」

サロメの顔がわずかに引きつった。

しまった、彼女にとってデリケートな話題だったのか。

「まあ、ぎりぎり十代だし」

「そうそう、もうちょっとだけ十代でいられますし」

「ぎりぎりって言わないで⁉　ボクだってまだまだ若いよ！」

悲鳴を上げるサロメ。

まあ、リリスやアリスはフォローのつもりだったんだろう、きっと。

「ボクだけ仲間外れは寂しいし、二年生に編入させてもらうからねっ……十九歳だけど。十九歳だけど……うう」

サロメは唇を尖《とが》らせ、ぶつぶつとつぶやいた。

あ、ちょっといじけてる。

その後、リリスたちは町の宿泊施設へ帰っていった。


翌日の朝、俺はリリスやアリス、サロメと待ち合わせをして、一緒に登校した。

これだけの美少女三人と一緒に学校に通うなんて、夢のようだ。照れくさいような、甘酸っぱい喜びを感じるような——そんな気持ちで胸が躍る。

「ハルトくん、おはよう」

「ねーねー、ハルトくん。今度の週末、一緒にご飯食べにいかない？」

「あれ、今日は女の子と一緒に登校なの？」

十数人の女子生徒たちがにっこり笑顔で寄ってきた。竜との戦い以来、俺に声をかけてくる女子が急激に増えたんだよな。

「週末は魔族が出てくるって警報があるぞ」

「それは冒険者の人たちが倒してくれるんでしょ？」

意外とのんきだな……。

まあ、この間の竜もリリスやアリスと俺で撃退したから、『冒険者がいれば魔族や魔獣が襲って来ても大丈夫』って安心感があるのかもしれない。

「ふーん……？　ハルトってモテるんだね」

なぜかリリスの視線が微妙に険しい。

「今まではこんな感じじゃなかったんだ。竜と戦ってから、急に変わったっていうか」

「町を救った英雄ですからね」

にっこりと微笑むアリス。

「そうそう、女の子たちの見る目も変わったんじゃない？」

「竜を倒したのはリリスとアリスだろ」

「ハルトがいなかったら倒せなかったよ」

と、
力説するリリス。

「ねー、この子たちは？」

女子生徒の一人がたずねた。

「美人～」

「かわいいー」

はしゃぐ女子生徒たち、多数。

ふと気づくと、周囲の男子生徒たちから、すごい目でにらまれていた。

「くそう、可愛い子ばっかり侍《はべ》らせやがって……」

「うらやましい……」

「爆《は》ぜろ……爆ぜろ……」

なんか呪われてるんだけど⁉


俺の通う学校では授業が始まる前に、クラスごとに朝会というものがある。先生がその日の連絡事項を話したり、簡単な挨拶をする時間だ。

で、そこでリリスたち三人の紹介が行われた。

「――というわけで、二日間という短い期間ですけど、この三人は我が校に体験入学していただくことになりました」

先生が言うと、リリスたちが黒板の前でペコリと頭を下げる。

「よろしくお願いします」

「うおおおおっ、かわええ！」

「めちゃくちゃ美人じゃねーか！」

「胸でかい……ごくり」

男子生徒たちの歓声が響く。

「綺麗《きれい》……！　うらやましい……」

「背が高くてかっこいいっ。憧れちゃうっ」

「お姉さまと呼ばせてぇ」

さらに女子生徒たちも騒いでいる。

男女問わずクラス中が沸き立っていた。

熱狂状態といってよかった。

そろいもそろって、とびっきりの美少女なのだから、この反応も当然か。

「三人はハルトくんの知り合いということですから、この後、校舎内を案内してあげてくださいね」

先生が言うと、男子生徒たちがいっせいに恨みがましい視線を俺に向けた。

「くそう、美少女たちを独り占めかよ……」

「なんでハルトばっかり……」

「ちょっと前までは学生その一くらいの存在感だったくせに……」

悪かったな、存在感なくて。

「いきなりハーレム小説の主人公みたいになりやがって……ちくせう」

「校内の女子だけでは飽き足らずに、冒険者の美少女たちまで毒牙にかけるとは……ぐぬぬ」

いやいやいやいや、なんか誤解があるぞ⁉


午前の授業が終わり、昼休みになった。

男子たちの恨みがましい視線から逃げるようにして教室から出ると、俺はリリスたちを連れて校舎を案内する。

「一階には食堂があるんだ。安くて美味しくて、けっこう評判いいぞ」

「へえ、楽しみ～」

サロメが満面の笑みを浮かべた。

「ねえねえ、あれは？」

リリスが前方の教室を指差す。

他の教室と違い、頑丈そうな鉄の扉を備え、窓も鉄格子になっている。

「ああ、あれは実験室。授業とかクラブ活動で魔法の実験をやるための部屋なんだ」

「へえ、高等部にはそういうのもあるんだ」

俺の説明に感心したようなリリス。

彼女みたいな魔法を操る素質を持った人間は多くない。だけど、魔力を持たない人間でも魔法装置を操ることはできる。

そういった装置の仕組みを知ったり、扱い方を学ぶための実験室だった。

魔力という巨大なエネルギーを扱うため、他の教室よりもかなり頑丈にできているし、いくつもの安全装置もついていた。

「ちょうど魔科部《まかぶ》が実験中みたいだな」

窓から教室の様子が見えた。

「まかぶ？」

「正式名称は魔法科学実験部——長いから略してるんだ。魔法装置の仕組みや取り扱い方なんかを学んだり、実験したりする部だよ」

「部活動か……いいよね、そういうの」

つぶやくリリス。

「ハルトは何か部活動をやっているの?」

「……帰宅部、かな」

少し決まりが悪い思いで答える俺。

「へえ、そういう部活もあるんだ。ハルトもがんばってるんだね」

「い、いや、帰宅部は部活じゃないんだけど……」

などと話しながら、教室内に目を向ける。

魔法科学部の生徒たちがワイワイと騒ぎながら実験をしている様子だ。昼休みだっていうのに熱心だな。

教室の中心に置かれているのは、小さな壺《つぼ》みたいな形をした装置——魔力変換炉。

炉の中には、魔法結晶っていう魔力エネルギーの塊が入っている。それを制御したり、エネルギーを取り出したりすることができる装置なのだ。

魔導馬車みたいな魔法の力を利用した乗り物や、町中の魔力を利用した街灯など、日常のさまざまな道具に変換炉が使われている。

「みんな、一生懸命ね。あたしも魔法を習い始めたころは、あんな感じだったかも」

微笑ましげに眼を細めるリリス。

と、

「……これは」

アリスの表情がふいに引き締まった。普段から温和な笑みを絶やさない彼女にしては珍しく、険しい顔だ。

「どうした、アリス？」

「魔力が急激に増大しています――」

同時に、魔力変換炉からまばゆい赤光があふれた。

「ん、なんだ？」

教室内から悲鳴が聞こえてきた。生徒たちが騒いでいるみたいだ。

「魔力の光……！」

つぶやいたアリスが、ハッとした表情を浮かべた。

「いけない、この魔力の上がり方は……異常です！」

「えっ？」

光はどんどんまぶしさを増していき、周囲の空気がバチバチッと帯電し始める。

確かに、まずい雰囲気だ。

「魔力の制御が明らかに不安定です。このままでは爆発するかもしれません！」

アリスが警告する。

「爆発する……⁉」

言われて、俺はとっさに飛び出していた。

「リリスとアリスは避難して！」

背後の彼女たちに叫びつつ、扉を開けて教室に入る。

魔力変換炉は真っ赤に輝き、周囲に激しいスパークをまき散らしていた。見るからに爆発寸前といった感じだ。

生徒たちが一目散に逃げていく。だけどパニックになっているのか、生徒の一人が足をもつれさせて倒れていた。

その間にも、魔力変換炉はさらに輝きを増していく。

「ひ、ひいっ……！」

逃げ遅れた生徒が悲鳴を上げた。

爆発に巻きこまれたら危険だ。

よくて大怪我、悪ければ死ぬ――。

俺は夢中で生徒の前まで走った。

「伏せろ！」

叫びつつ、防御スキルを展開する。

俺の前方に、天使を思わせる紋様が浮かび上がった。

虹色に輝くドームが広がり、俺と生徒を覆う。

直後、変換炉が爆発した。

弾ける炎。吹き荒れる爆風。

直撃すれば、大火傷は免れないだろう。

だけど、防御スキルに守られた俺たちには、まったく届かない。

なにせドラゴンブレスすらやすやすと防ぐ、絶対の防壁だ。

前方で赤い炎が弾け、散っていく。

当然、俺たちは火傷一つ負っていない。

「な、なんだ……？」

生徒は驚いたように俺を見ている。

「とりあえず避難するぞ。動けるか？」


——その後、駆けつけた先生に事情を説明し、魔力変換炉を停止させることができた。

全部片付いたころには、昼休みが半分くらい過ぎてしまった。

とはいえ、まだ三十分くらいあるし午後の授業には十分間に合う。

俺はリリスたちと一緒に学生食堂に入った。

校舎の一階にあるこの食堂は、値段が安い割に美味しくてボリュームたっぷり。育ちざかりの俺たちにはありがたい存在だ。

いわゆるビュッフェ形式で、テーブルに並んだ様々なメニューの中から好きなものを選ぶことができる。

俺たちは精算を終え、四人掛けのテーブルに座った。

「いただきまーす。おいしそー」

サロメはホクホク顔だった。

「さっきは大活躍だったねー、ハルトくん。あ、これちょうだい」

と、電光石火の動きで俺のトレイに乗ったポテトフライを一つ取っていく。

「は、速い……」

「えへへ、代わりにこれあげるね」

と、ニンジンのグラッセを乗せてくれた。

それもたっぷりと。

「……もしかして、ニンジンが嫌いなだけなんじゃ」

「ぎくり」

「ぎくり?」

「さっきのハルトくん、かっこよかったよね」

強引に話題を変えて、あからさまにごまかすサロメ。

さては図星だな……。

「リリスなんて見とれてたよー」

サロメはニヤリと笑って、向かいに座るリリスを見つめる。

「み、見とれてないよっ⁉」

リリスが慌てる。

「照れちゃって、もう。目がハートだったよ」

「ち、違うってば。あたしはべ、べ、別に、ごふ、げふ、ごほっ」

言いかけて、むせてしまうリリス。

水がむせたんだろうか。

「大丈夫ですか、リリスちゃん。よっぽど動揺したんですね」

と、アリスが彼女の背中をさする。

「ちょっとむせちゃった……ありがと、姉さん」

「確かにかっこよかったですよねー。身を挺《てい》して生徒を守って……ふふ」

アリスが微笑んだ。

「立派でした、ハルトさん」

「そ、そうかな」

なんか照れるな。

「ま、まあ、確かに……かっこよかった、かな……えへへ」

なぜか顔を赤らめ、リリスが俺をチラチラと見る。

と、

「あ、いたいた。噂《うわさ》の転校生たち」

「可愛い～」

女子生徒の一群がやって来た。

きらきらした憧れの目でリリスたちを見つめている。

「え、えっと……」

戸惑うリリスたちに、

「授業が終わったら話したかったのに、ハルトくんに連れていかれちゃったからね」

「やっと話せるね」

嬉しそうに話しかける女生徒たち。

「ねえねえ、冒険者なんでしょう」

「魔法使いって聞いたよ。すごーい」

「お姉さまって呼んでいい？」

今の、リリスたちの自己紹介のときにも言ってたよな？

「この間は町を守ってくれたのよね。ありがとう～」

「他にもいろんな町を守ってるんだよね。かっこいいなぁ」

「あ、話聞きたい聞きたい～」

はしゃぐ女子生徒たち。

「えへへ、なんか照れちゃうな」

「ですぅ」

「じゃあ、ボクの武勇伝でも話しちゃおっかなー」

ずいっと前に出たのはサロメだ。

「やったー、聞かせて聞かせてー」

女子生徒たちのテンションは上がりっ放しだ。

「じゃあ、この間のクエストの話がいいかな。一ヵ月くらい前のことなんだけど――」

話し出すサロメ。

それを興味津々の様子で聞く女子生徒たち。

ワイワイと楽しげだった。

ここは女の子同士にしておいたほうがいいのかな。

俺は微笑ましく思いながら、そっとその場を離れたのだった。


――楽しい時間はあっという間に過ぎて。

放課後になり、俺はリリスたちとともに校庭の片隅にいた。沈みゆく夕日で校舎やグラウンドがオレンジ色に染まっている。

「ふう、楽しかった～。友だちもいっぱいできたし」

「ですぅ」

リリスもアリスも満足げだ。実験室の爆発事故なんてアクシデントもあったけれど、おおむね楽しい時間を過ごせたと思う。

「ボクもボクも。学食美味しかったよね～」

まっさきに食べ物の感想が出てくるのが、サロメらしいところだろうか。

「あたしたちのお願いを聞いてくれて、ありがとう」

「学園生活を久々に思い出しました～。感謝します」

「ボクも懐かしかったよ。ありがとねっ」

リリス、アリス、サロメの三人が俺に礼を言った。

「中等部に通ってたときより、今日の方が断然楽しかった。やっぱり、みんなが一緒だったからかな～」

と、サロメがにこにこ顔で述懐する。

「中等部っていうと……だいたい四年くらい前か」

「ボクの年齢からいちいち逆算しないでよ、もう」

ぷうっと頬を膨らませるサロメ。

「あ、ごめん」

つい、反射的に計算してしまった。

「えへへ、確かに卒業してからけっこう経ってるね」

サロメが苦笑した。

「中等部をサボることもけっこうあったんだけど、もっとちゃんと通ってればよかったかなー。あーあ、もったいないことしちゃった」

「サボってたのか」

「うん、師匠から暗殺術をいろいろ習ってたから」

「そ、そうなのか……」

暗殺術って。

予想外に物騒な答えだった。

っていうか、サロメの師匠っていったい……。

「守らなきゃ、ね」

ふいに、リリスがつぶやいた。

俺たちに、というより自分自身に言い聞かせるように。

「絶対に、誰も傷つけさせない。傷つけさせたくない」

「……そうだな」

俺も同意だ。

もちろん、町を守るために魔族と戦う、という決意は最初からあったけれど。

あらためて、日常を振り返って思う。

強く、思う。

俺たちは、こういう日々を守るために戦うんだ、って。

そして――魔族Ｄイーターが出現する日を迎えた。
俺は決意を新たに、決戦に挑む。
絶対にみんなを守ってみせる。
俺のスキルで、必ず――。

書き下ろし２　氷刃《ひょうじん》のルカと戦神竜覇剣《フォルスグリード》

氷を思わせる冴《さ》え冴《ざ》えとしたアイスブルーのショートヘア。

小柄な体にまとった銀の騎士甲冑《かっちゅう》。

あどけない顔立ちの少女騎士が、石造りのダンジョンを進んでいく。

彼女――ランクA冒険者のルカ・アバスタが今回受けた依頼は、このダンジョン探索だった。

どうやら超古代に作られた遺跡らしい。内部は荒れ放題で、さまざまなモンスターが生息する魔窟となっていた。

最深部までの安全なルートを確保し、調査するのがルカの役目だ。

骸骨兵士《スケルトン》や魔血蝙蝠《デモンバット》、蜥蜴人《リザードマン》など、ダンジョンには無数のモンスターが巣食っていた。

いずれも並の冒険者なら数人がかりで立ち向かうクラスのモンスターたちである。

だが、十二歳にしてすでに剣の天才と名高い彼女の敵ではなかった。

ルカの秘めた力――『白兵』の『因子』は、超人的な速度を彼女にもたらすのだ。その圧倒的な身のこなしと斬速で、モンスターが現れた端から斬り伏せる。

さながら害虫でも駆除するかのような、作業じみた戦闘。

（順調に進めば、それに越したことはないのだけれど）

油断こそしないが、ルカは退屈な気持ちが湧いてくるのを抑えられなかった。

物足りないのだ。

手ごたえがなさすぎる。

もちろんそれは彼女が卓越した剣士だからこそ、の感想なのだが。

ただ、年端もいかない少女の体力には限度がある。

楽勝の繰り返しとはいえ、剣を振り続けて腕力を消耗し、常に敵を警戒して集中力が摩耗する。

その繰り返しで、少しずつ息が切れてきた。

それでも敵を次々に倒して進んだルカは、やがて最奥にたどり着いた。

眼前には、一本の剣があった。

台座に刺さったその剣は、美しい白銀の刀身と竜を模した柄《つか》を備えている。

「この剣は――」

一瞬、息が止まった。

強烈に魅入られていた。

剣が発する強烈な威圧感と荘厳な存在感に。

見ているだけで、全身が粟立《あわだ》つ。

戦士の本能なのか、ルカは震える手を剣に伸ばした。ゆっくりと引き抜く。

熱い――。

剣を手にしたとたん、体の芯が燃えるように熱くなったのだ。

「んっ……ふぁ……」

十二歳の少女には似つかわしくない、艶《なま》めかしい喘《あえ》ぎが彼女の唇からもれた。

同時に、何かが頭の中に流れこんでくる。断片的なイメージと情報が。

「戦神竜覇剣——それがあなたの名前ね」

ふうっと息をつき、剣に語りかける。

台座に刻まれた銘を見ると、ドワーフが鍛造したものらしい。

るおおおおおおおおおおおんっ！

ふいに、咆哮《ほうこう》が聞こえた。

台座の向こう側にある壁を突き崩し、巨大な影が出現する。

「ニンゲン……シンニュウシャ……コロス……」

たどたどしい言葉を発したのは、身長五メティル近くある鬼だ。

筋骨隆々とした巨軀《きょく》に黒金《くろがね》色の甲冑をまとい、右手には身の丈ほどもある大剣をだらりと下げていた。

剣を引き抜くと、このモンスターが現れるトラップなのか。

あるいは、もともと遺跡に巣食っていたのか。

「オーガの剣士《オーガブレイダー》……！」

迫りくる巨大な鬼を前に、ルカは表情を引き締めた。

クラスＳに分類されるモンスター『オーガの剣士』。

パワーとスピード、そして卓越した剣技を兼ね備えた強敵である。

特にその速度は、人間をはるかに超える。超人的な戦闘能力を持つルカといえども、油断できる相手ではなかった。

「くっ」

振り下ろされたオーガの剣を、ルカは跳ね上げた戦神竜覇剣で受け止めた。

重い。膂力《りょりょく》では相手が圧倒的に上である。

「――強い」

さすがにクラスSだけのことはある。道中に出てきた連中とは、まるで格が違う。

オーガの斬撃を受け流しつつ、ルカは後退した。

だが狭い遺跡内では動けるスペースは限られている。

しかも『因子』の力は圧倒的な反面、消耗や反動も大きい。すでにルカは超人的なスピードを発揮することができなくなっていた。

がつっ、と背中が壁に当たる。

もはや逃げ場はない――。

ルカは自分が追い詰められたことを悟った。

普通の冒険者なら焦り、あるいは恐怖するところだ。

だが、ルカの頭の中には、そんな状況すら楽しむように俯瞰《ふかん》しているもう一人の自分がいた。

ここまでの道中に現れた敵は、いずれも退屈だった。

だが、眼前の敵は違う。

気を抜けば敗北する。殺されるかもしれない。
だからこそ——血が沸き立つ。
「私は、負けない」
自分の力のすべてをぶつけさせてくれる相手をこそ、彼女は望んでいた。
そして、そんな相手を乗り越えてこそ、今よりももっと強くなれる。
どこまでも、どこまでも強くなれる——。
湧き上がる闘志。
陶酔にも似た高揚感。
生と死、そのギリギリの状況での戦い。
それが——それこそが『生きている』という実感と充実を与えてくれる。
この瞬間を味わうために生き、戦う。
それが、ルカ・アバスタなのだと。
剣士としての生き様なのだ、と——。
「オワリ……ダ……」
オーガがたどたどしい言葉で告げる。
「——いいえ、まだよ」
ルカは手元の剣を見つめた。
ふたたび、熱い脈動が全身を駆け巡る。

まるで、この剣自体に意志があり、眼前の強敵に闘志を燃やしているかのようだ。
「あなたも戦いたいのね、戦神竜覇剣。もっと力を振るいたいのね」
ルカは語りかける。
戦いたい、と剣が語り返してきたように思えた。
言葉ではなく、感覚で伝わった。
「では、行きましょう。あなたとなら――」
先ほどと同様、頭の中にイメージが流れこんでくる。
理解する。
この剣の、本当の使い方を――。
ルカは鎧《よろい》を外してアンダーウェア姿になった。
自ら防御力を落とした彼女に、オーガの剣士が訝《いぶか》るようにうなる。
「光双瞬滅形態《ライトニングフォーム》」
がしゃん、と音がして、手にした長剣が二つに分割された。
刀身も柄も半分の細さになった二刀を、左右の手に構える。
オーガが訝《いぶか》るように動きを止めた。
どくん、と心臓が高鳴る。
一瞬の静寂の後、ルカとオーガは同時に動いた。
おおおおおんっ。

咆哮とともに、オーガの剣士が渾身《こんしん》の斬撃を叩《たた》きこんでくる。

「絶技、双竜咢《グリードバイト》」

告げたルカの体が——光と化した。

否、まるで光と見まがうほどの動き。亜光速の疾走だ。

所有者のスピードを七・七四三一倍にまで引き上げる特殊効果。

これこそが光双瞬滅形態の能力だった。

ルカは、超速で間合いを詰めた。

右の剣で、オーガの剣を弾く。

左の剣で、オーガの首を刎《は》ねる。

そのいずれもが刹那の出来事だった。

頭部を失ったオーガの剣士が崩れ落ちる。

「これがあなたの力ね、戦神竜覇剣」

ルカの口元に広がる、笑み。

普段はクールで無表情なその美貌に、歓喜の色が広がる。

「あなたとなら、私はもっと強くなれる——」


ルカが冒険者の最高峰であるランクＳに昇格したのは、それから二ヵ月後のこと。

自らの心を躍らせる戦いを求め、その後も彼女は剣を振り続けた。
氷のように冷静に――だが、その内心は熱い闘志を秘め、振るう刃はどこまでも鋭い。
いつしか彼女は『氷刃』という二つ名で呼ばれるようになった。
そして――やがて出会う一人の少年が、彼女を激動の運命と人知を超えた死闘へと巻きこむことになるのだが、それはまた別の話である。

あとがき

はじめましての方ははじめまして、お久しぶりの方はお久しぶりです。六志麻《ろくしま》あさです。

このたびは、Kラノベブックス様から『絶対にダメージを受けないスキルをもらったので、冒険者として無双してみる』1巻を出版させていただけることになりました。

本作は『NOVEL DAYS』様や『小説家になろう』様に掲載されているウェブ小説で、『第一回講談社リデビュー小説賞』の受賞作となります。

内容は、タイトルそのままですね。平凡な学生だった少年ハルト・リーヴァが女神さまから『絶対にダメージを受けないスキル』を授かったことをきっかけにして、冒険者の世界に身を投じていく——というものです。

少年漫画のような熱いバトルや萌えラブコメといった自分の好きな要素を全部盛りこんで書いてみました。ぜひお楽しみいただけましたら幸いです。

Kラノベブックス版では、ウェブ版の1章から4章を出版に当たって読みやすいように加筆修正したものに加え、書き下ろしのエピソードが2編収録されています。

書き下ろしの内容は、ハルトの学園生活やヒロインの一人ルカを主人公にした番外編です。どちらもウェブでは読めない書籍版だけのスペシャルストーリーですので、ぜひお楽しみいただければと思います。

また、本作はウェブでのコミカライズ連載も決定しており、水曜日のシリウスにて配信予定です

（この本が発売されるころには連載が始まっているかも……！）。ウェブ版とは一味違ったもう一つの『絶対にダメージを受けないスキル』をお楽しみいただけましたら幸いです。

では、最後に謝辞に移りたいと思います。

本作の受賞、書籍化のオファーをくださった講談社編集部様、また様々なアドバイスをくださった担当編集のK様、本当にありがとうございます。

正直、受賞するとは夢にも思わず、連絡が来たときには本当に驚きました。

そして、書籍版にて凛々しくも可愛い素敵なイラストの数々を描いてくださったkisui《キスイ》先生、コミカライズ版にて時に熱く時にコミカルなお話を描いてくださっている関根光太郎《せきねこうたろう》先生、ご両名とも本当にありがとうございます。それぞれに魅力のあるイラストで眼福です。ありがたやありがたや……。

さらに本書が出版されるまでに携わってくださった、すべての方々に感謝を捧げます。

もちろん本書をお読みいただいた、すべての方々にも……ありがとうございました。

それでは、次巻でまた皆様とお会いできることを祈って。

二〇二〇年五月　六志麻あさ

Kラノベブックス

絶対《ぜったい》にダメージを受《う》けないスキルをもらったので、冒険者《ぼうけんしゃ》として無双《むそう》してみる

六志麻《ろくしま》あさ

2020年6月30日第1刷発行

発行者	森田浩章
発行所	株式会社 講談社 〒112-8001　東京都文京区音羽2-12-21
電　話	出版　(03)5395-3715 販売　(03)5395-3608 業務　(03)5395-3603
デザイン	ムシカゴグラフィクス
本文データ制作	講談社デジタル製作
印刷所	豊国印刷株式会社
製本所	株式会社フォーネット社

落丁本・乱丁本は購入書店名を明記のうえ、小社業務あてにお送りください。送料は小社負担にてお取り替えいたします。なお、この本の内容についてのお問い合わせはラノベ文庫あてにお願いいたします。
本書のコピー、スキャン、デジタル化等の無断複製は著作権法上での例外を除き禁じられています。本書を代行業者等の第三者に依頼してスキャンやデジタル化することはたとえ個人や家庭内の利用でも著作権法違反です。

ISBN978-4-06-519360-0　N.D.C.913　291p　19cm
定価はカバーに表示してあります
©Asa Rokushima 2020 Printed in Japan

ファンレター、
作品のご感想を
お待ちしています。

あて先
〒112-8001　東京都文京区音羽2-12-21
(株) 講談社　ラノベ文庫編集部 気付
「六志麻あさ先生」係
「kisui先生」係

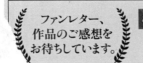